Gerbrand Bakker

# Birnbäume blühen weiß

*Roman*

Aus dem Niederländischen von
Andrea Kluitmann



Suhrkamp

Die niederländische Originalausgabe erschien 1999
unter dem Titel *Perenbomen bloeien wit* bei
Uitgeverij Piramide, Amsterdam, und 2001 auf Deutsch
beim Patmos Verlag, Düsseldorf.
2007 erschien eine vom Autor durchgesehene Neuauflage
– Grundlage des vorliegenden Bandes –
bei Uitgeverij Cossee, Amsterdam.




suhrkamp taschenbuch 4170
Erste Auflage 2010

Satz: Hümmer GmbH, Waldbüttelbrunn
Druck: Druckhaus Nomos, Sinzheim
Printed in Germany
Umschlag: Göllner, Michels, Zegarzewski
ISBN 978-3-518-46170-9

3 4 5 6 7 8 – 17 16 15 14 13 12

# Birnbäume blühen weiß

## Schwarz

Früher haben wir es *gespielt.* Wir haben es jahrelang gespielt. Bis vor einem halben Jahr, das war das letzte Mal. Danach hatte es keinen Sinn mehr. Wir fingen immer draußen an, an der alten Buche, die vor dem Wohnzimmerfenster steht. Die Buche war der Startpunkt. Wir legten eine Hand auf die Rinde, und meistens war es Klaas, der abzählte. Klaas ist der Älteste von uns. Klaas ist zehn Minuten älter als Kees. Gerson ist drei Jahre jünger als wir und kam alleine, er hat keinen Zwillingsbruder. Er hat Zwillings*brüder.* Das sind wir, Klaas und Kees.
Bevor Klaas anfing abzuzählen, nannte einer von uns das Ziel. Küchentür. Kopfweiden. Hühnerstall. Manchmal auch ein Ziel weiter weg. Stacheldraht zwischen den beiden Grundstücken neben unserem Haus. Klofenster vom Nachbarn. Ab und zu auch ein lebendiges Ziel. Vater. Hund. Der Nachteil dieser Ziele war, dass sie sich bewegten. Vor allem das Ziel Hund konnte problematisch sein. Derjenige, der in seinen Ohren am schönsten pfiff, gewann. Nicht, weil er das Ziel erreicht hatte, sondern weil das Ziel ihn erreichte.
Gerson hatte immer die schwierigsten Ziele. Ziele, zu denen man ewig unterwegs war, mit Kurven und mit Hindernissen. Mit Balken über dem Graben und Elektrozäunen. Sträuchern. Grabsteinen. Ganz bestimmten Grabsteinen, deren Inschriften man schließlich mit den Fingern entziffern musste. Gerson war oft auf dem kleinen Friedhof, der schräg gegenüber von unserem Haus auf einem Hügel lag. Ein uralter Friedhof,

auf dem nur selten ein neuer Grabstein hinzukam. Er kannte alle Grabsteine auswendig, von vorne bis hinten. Wir nicht. Wenn er sich einen Grabstein zum Ziel auserkoren hatte, mussten wir den Text mit unseren Fingern lesen, und das ist nicht einfach.

»Drei, zwei, eins, los«, sagte Klaas, wie immer sehr langsam. Bei *drei* schlossen wir die Augen. Bei *zwei* und *eins* versuchten wir, uns das Haus und die Umgebung wie ein Foto vorzustellen. Aber wie langsam Klaas auch abzählte, wir hatten nie genug Zeit, das Foto abzuziehen. Auf den Fotos in unseren Köpfen gab es immer graue, verschwommene Flecken. Diese Flecken waren die Orte, die wir blind nur mit viel Mühe fanden. Bei *los* nahmen wir die Hände vom Baumstamm. Während der ersten vorsichtigen Schritte stießen wir immer gegeneinander. Wir suchten ja alle drei dasselbe Ziel. Aber nach den ersten Schritten trennten sich unsere Wege. Wir hatten verschiedene Fotos in unseren Köpfen, wir gingen in unterschiedliche Richtungen. Wir versuchten, lautlos zu gehen. Nichts sollte uns ablenken, und nichts sollte den anderen verraten, wo wir waren.

Wenn es nicht windig war, herrschte eine enorme Stille. Gerade weil wir versuchten, die Schritte der anderen zu hören, sauste es in unseren Ohren. Wenn es windig war, raste der Wind immer mit Orkankraft durch die Bäume. Von welchem Baum kam welches Geräusch? Das prasselnde Säuseln, das stammte von der einsamen Pappel neben dem Schuppen. Das scharfe, kurze Rauschen mussten die gestutzten Weiden sein, die am Graben neben unserem Haus standen. Das dünne, fast knisternde Sausen gehörte zu der Zeder im Garten. Der Wind wies uns die Richtung, wir lernten die Geräusche der Bäume unterscheiden.

Keiner mogelte, da waren wir uns sicher, das hatten wir abgesprochen. Wenn einer von uns aus Versehen die Augen aufmachte – das kann ganz leicht passieren –, rief er: »Ich bin aus«, und die beiden anderen machten weiter.
»Ihr seid zu zweit«, sagte Gerson ab und zu, »ich muss alles alleine machen.«
Was er damit meinte, wollten wir wissen.
»Weiß nicht«, sagte er.
»Denkst du etwa, dass wir heimlich gucken?«, fragte Klaas.
»Nein. Aber ihr spürt einander. Ich glaube, dass ihr sogar mit geschlossenen Augen wisst, wo der andere ist.«
»Quatsch«, sagte Kees. »Ich weiß nicht, wo Klaas ist, und ich habe keine Ahnung, wo du bist.«
Gerson starrte dann brütend vor sich hin und sagte eine Weile nichts mehr. Wir sagten auch nichts. Wir wussten, dass er noch etwas sagen würde, wie lange es auch manchmal dauern mochte. Gerson beneidete uns. Er fühlte sich öfter alleine, besonders wenn wir zu dritt waren.
»Du *weißt* nicht, wo Klaas ist, aber du hast *keine Ahnung*, wo ich bin. Das ist nicht dasselbe.«
»Ich meinte aber wohl dasselbe«, sagte Kees.
»Ja, ja.«
»Ja.«
»Ich will noch mal neu anfangen«, sagte Gerson.
Und dann gingen wir zurück zur Buche. Wieder nann-

te einer das Ziel, wieder zählte Klaas sehr langsam ab, und wieder nahmen wir die Hände vom Baumstamm.

Wir spielten es oft, früher. Wir haben es unser Leben lang gespielt. Gerson konnte es gar nicht abwarten, endlich richtig laufen zu können. Als wir fünf waren und mit dem Spiel anfingen, sahen wir ihn manchmal, bevor wir die Augen schlossen, weinend auf der breiten Fensterbank stehen. Mit seinen Klebehändchen rieb er die beschlagenen Fenster wieder blank. Wenn es windstill war, konnten wir sogar sein Gebrüll hören. So gerne wollte er bei uns sein. Bei seinen großen Brüdern, die die Augen fest zukniffen und dann mit ausgebreiteten Armen in ungefähr dieselbe Richtung torkelten.

Es war kurz nach seinem vierten Geburtstag, als wir ihn zum ersten Mal mitspielen ließen. Damals und viele Male danach mogelten wir. Wenn wir die Augen zuhatten, sahen wir nämlich nicht, ob er in den Graben lief. Er konnte damals schon gut laufen und auch gut sprechen. Aber als er die Hände auf den Buchenstamm legte und die Augen schloss, sagte er nur ein einziges Wort. Wir verstanden ihn kaum.

»Was hast du gesagt, Gerson?«, fragte Klaas, der schon mit dem Abzählen angefangen hatte.

»Schwarz«, sagte Gerson. Sogar während wir redeten, machte er die Augen nicht auf. Er hatte sie so fest zugekniffen, dass seine Wangen fast seine Augenbrauen berührten und wir seine stumpfen Milchzähne deutlich sehen konnten. »Schwarz«, sagte er noch einmal. Er hatte dem Spiel einen Namen gegeben.

Wir wurden nicht besser. Wir nicht und Gerson nicht. Egal, wie oft wir Schwarz spielten, auch nicht, als wir ein paarmal hintereinander dasselbe Ziel finden mussten. Es blieb schwierig. Selbst nach dem zehnten Mal ging man immer noch nicht blind auf die Regentonne zu. Es war jedes Mal anders. Das hatte, glauben wir, mit den Geräuschen zu tun. Jedes Mal waren andere Geräusche da. Viel Wind oder eine leichte Brise, ein vorbeifahrendes Auto, Vögel, vor allem die Reiher, die so laut aus den hohen Bäumen am Friedhof kreischen konnten, Pferde auf der anderen Seite des Grabens, die anfingen zu traben, sobald sie uns sahen. Oder das Wetter. Sonne, Nieselregen, Platzregen, Schnee, Hagel. Es war jeden Tag anders. Immer wenn wir Schwarz spielten, fingen wir sozusagen von vorne an. Als wenn die Zeit, die wir mit offenen Augen verbrachten, das Spiel störte.

# Ferien

Unser Vater hatte ein sehr altes, sehr kleines Auto. Früher hatten wir mal zwei Autos, das sehr alte, sehr kleine und ein großes glänzendes. Unsere Mutter war eines Tages in dem großen glänzenden weggefahren, und wir hatten beide nie wiedergesehen.

»Sie ist im Ausland«, sagte unser Vater, der Gerard heißt. »Bei einem anderen Mann. Einem ausländischen Mann.« Wir waren alt genug, unseren Mund zu halten, aber Gerson, der dafür noch nicht alt genug war, fragte: »Warum?«

Wir bekamen fünf Karten pro Jahr von ihr. Zu unseren Geburtstagen und zu Neujahr. Viel stand nicht darauf. *Herzlichen Glückwunsch zum Geburtstag!* oder *Alles Gute im neuen Jahr!* Wir schickten ihr nie eine Karte zurück, weil wir nicht wussten, wohin wir sie schicken sollten.

»Warum wissen wir das nicht?«, wollte Gerson wissen. Gerard antwortete, dass sie uns ihre neue Adresse nie geschrieben hatte. Auf der ersten Karte und auf allen folgenden klebte eine italienische Briefmarke. Ausland war Italien, und ausländischer Mann war Italiener. Gerard hatte abendelang durch eine Lupe auf den Poststempel gestarrt, aber er konnte nicht lesen, was dort stand. Später hatte er es noch ein paarmal versucht, und letztendlich hatte er es aufgegeben. »Sie macht es absichtlich«, sagte er, »es ist wirklich jedes Mal unlesbar.«

Während Gerard so lange starrte, bis ihm die Tränen kamen, saßen wir zu dritt über die Italienkarte im Atlas gebeugt. Kees zeigte auf Städte und Dörfer, und

wenn sie nicht zu schwierig waren, las Gerson ihre Namen laut vor. »Ist sie da?«, fragte er bei Mailand. »Wohnt sie vielleicht in Rom?«, fragte er bei Rom. »Ist sie denn hier?«, fragte er bei Neapel. Kees' Zeigefinger bewegte sich immer weiter gen Süden, und Klaas sagte immer wieder: »Das wissen wir nicht, Gerson.«
»Aber sie muss doch irgendwo sein. Wo ist sie denn? Warum schreibt sie uns das nicht? Ist Italien ein schönes Land? Was sprechen die Leute da? Ist Mama zu Besuch bei jemandem? Wann kommt sie wieder?« Die Fragen hörten nur auf, wenn der Atlas zugeklappt wurde.

Unser Hund heißt Daan. Er ist ein rauhaariger Jack-Russel-Terrier. Gerard hatte ihn gekauft. »Der passt gut hierher, so ein kluger kleiner Hund auf dem Hof«, sagte er, »vielleicht kann er Maulwürfe fangen.« Daan mochte keine Maulwürfe, und Ratten und Mäuse schon gar nicht. Er hatte Angst vor ihnen. Er hatte auch Angst vor Gräben und der Straße, aber das war praktisch, er würde nicht ertrinken und nicht unters Auto kommen. Daan liebte Mutter und Gerson. Obwohl Gerard ihn ausgewählt und gekauft hatte, mochte Daan ihn nicht besonders, und uns benutzte er auch nur dazu, sich Stöcke und Tennisbälle durch den Garten werfen zu lassen. Es ist seltsam, warum so ein Hund aus unerklärlichen Gründen an bestimmten Menschen hängt. Meistens an einem einzigen Menschen, aber Daan hing an Mutter und an Gerson.
Er hat monatelang, vor allem gegen Abend, leise jaulend vor der Hintertür gesessen. Gerard und wir konnten nichts daran ändern, nur von Gerson ließ er sich

trösten. Der setzte sich dann auf den Fußboden, den Rücken gegen die Waschmaschine gelehnt, und fing an, mit Daan zu reden. Ellenlange Geschichten erzählte er ihm, über alles Mögliche. Es war egal, was er sagte, es ging um den Ton seiner Stimme. Er streichelte Daan nicht und flüsterte ihm keine Koseworte ins Ohr, sondern redete so lange auf ihn ein, bis Daan ihm gegen die Brust sprang und ihm das Gesicht ableckte und wild mit seinem kurzen Schwanz wackelte, was lächerlich aussah, weil Jack-Russel-Terrier fast keinen Schwanz haben. Eines Tages ging Gerson nicht in die Waschküche, als wir Daan vom Wohnzimmer aus leise winseln hörten. »Gerson, tu endlich was an dem Hund«, sagte Gerard, den das Gewinsel so nervös machte, dass er sich nicht mehr auf das Fernsehprogramm konzentrieren konnte.
»Nein«, sagte Gerson. »Er muss etwas tun.«
Eine Weile später rannte Daan ins Zimmer. Er rutschte auf dem Parkett aus und schlitterte ein Stückchen weiter. Schließlich bekam er seine Pfoten auf dem Teppich wieder in den Griff, machte einen Riesensprung und landete auf Gersons Schoß. Dort drehte er sich ein paarmal um sich selbst, bellte einmal kräftig und legte sich danach ruhig hin. »So«, sagte Gerson, »jetzt ist er fertig mit dem Trauern. Er hat es vergessen. Jetzt weiß er, dass Mama nie mehr wiederkommt.«
Gerard schaute sehr seltsam drein, als Gerson das sagte.

»Vier Männer in einer alten Klapperkiste.« Das sagte Gerard immer, wenn wir zu viert im Auto irgendwohin fuhren. Wir mussten dann an spannende, altmodische

Abenteuerbücher für Jungen denken. In Gerards Zimmer lagen stapelweise Abenteuerbücher. Er hatte sie von seinem Vater bekommen, unserem Opa. Wir durften sie zwar lesen, aber wenn wir ein Buch aushatten, mussten wir es sofort wieder in sein Zimmer legen. An Freunde ausleihen, danach durften wir nicht mal fragen. »Es sind Erbstücke«, sagte Gerard, »damit muss man sorgfältig umgehen.« Wir hatten ihn im Verdacht, dass er die Bücher selbst auch noch las, vor allem, nachdem Mutter verschwunden war.
Das Auto war alt und klein, aber gut in Schuss. Es war hellblau oder hellgrün, darüber gingen die Meinungen auseinander. Vielleicht sind alle Männer farbenblind. Gerard und Kees sagten, dass das Auto blau sei, Klaas und Gerson hielten es für grün. Weil wir nicht derselben Meinung waren, hatten wir uns auf einen Kompromiss geeinigt. Einen Kompromiss, den Gerson vor Jahren benannt hatte. In der Zeit, als er schon ziemlich gut sprechen konnte, kurz nachdem wir ihn zum ersten Mal bei unserem Spiel hatten mitmachen lassen, ging Gerard mit ihm über den Hof und durch den Garten.
»Welche Farbe haben die Blätter?«, fragte Gerard.
»Grün«, sagte Gerson, ohne zu zögern.
»Und die Regentonne?«
»Schwarz.«
»Nein.«
»Braun?«
»Das ist besser.«
»Schwarz ist, wenn wir bei der Buche sind«, sagte Gerson.
»Genau«, sagte Gerard. »Und der Himmel über dir?«

»Blau.« Gerson drehte den Kopf. »Und ein bisschen weiß«, fügte er hinzu.
Als sie vor dem Auto standen, erschien eine tiefe Falte über Gersons Nase.
»Ja, sag's nur«, drängte Gerard.
Gerson dachte noch einen Moment nach und sagte dann: »Schnodder.«
»Schnodder?«
Das Auto war schnodderfarben und blieb schnodderfarben.

Oft waren wir übrigens zwei Männer in einer alten Klapperkiste. Oder drei Männer in einer alten Klapperkiste. Gerson und wir hatten unsere Räder. Wenn Gerard einkaufen ging oder Sträucher in der Gärtnerei besorgte, fuhren wir nie alle drei mit, weil die Einkäufe oder die Sträucher sonst nicht ins Auto gepasst hätten. So klein war es.
Gerard reparierte das Auto selbst und wusch und polierte es regelmäßig, wenn er freihatte jedenfalls. Gerard arbeitet bei so einem Betrieb mit drei schwierigen englischen Namen. Weil alles englisch ist, seine Arbeit und sein Chef, wissen wir nicht genau, was er macht. Wir wissen wohl, dass er viel arbeitet, manchmal auch abends oder am Wochenende. Vielleicht ist unsere Mutter darum mit einem anderen Mann weggegangen, weil Gerard so oft nicht zu Hause war.
Wir halfen ihm ab und zu, das Auto zu waschen, aber wir machten immer was falsch oder nicht gut genug. »Die Radkappen gehören auch dazu«, seufzte Gerard. »Und das Nummernschild.« Der Autowaschtag, meistens ein Samstag, war ein vertrauter Tag. Wir waren

alle vier draußen, Daan rannte hin und her und drehte seine Runden, die ihn aber nie weiter wegführten als bis zur Straße oder zu den Gräben, die das Haus umgeben. Wir spielten Schwarz, was besonders schwierig war, weil das Auto und Gerard im Weg standen. Mittags aßen wir Pfannkuchen, die wir reihum backten. Im Winter, wenn wir es draußen zu kalt fanden, saßen wir zu dritt im Wohnzimmer und lasen oder schauten durch das große Fenster nach draußen, wo man Gerard durch die Dampfwolken hindurch kaum erkennen konnte. Er sang immer, wenn er das Auto wusch. Sogar wenn er sich wärmte, indem er die Arme um sich schlug, hörte er nicht auf zu singen, was seltsam klang. Wir wissen nicht, ob es möglich ist, aber wenn es möglich ist, dann liebte Gerard sein schnodderfarbenes kleines Auto. Er wollte, dass auch wir das Auto liebten, darum hatte er immer was zu meckern, wenn wir mit dem Gartenschlauch und dem Staubsauger daran herumwerkelten. Aber wir, und auch Gerson, liebten lieber unsere Mutter. Unsere Mutter, die eines Tages in dem großen glänzenden Auto weggefahren und nie mehr zurückgekommen war.

Trotz seines hektischen Jobs nahm Gerard im Sommer immer zwei oder drei Wochen frei. Wenn wir in Urlaub fuhren, saßen wir zu viert im Auto. Taschen standen zwischen unseren Beinen, Schlafsäcke versperrten die Sicht durch die Rückscheibe. Der kleine Kofferraum war vollgestopft mit Campingsachen. Die Klappe ging nicht mehr zu und war mit einem Tau an der Anhängerkupplung festgebunden. Zum Glück ist Daan ein kleiner Hund, er passte immer noch irgendwie hinein.

Beim Beladen des Autos musste man planmäßig vorgehen, Schritt für Schritt, Tasche für Tasche. Wenn wir einmal saßen, waren wir völlig eingeklemmt und konnten uns nur noch in eine Richtung bewegen, nämlich samt Auto nach vorne, rauf auf die Autobahn.

Gerard fuhr immer auf der ganz rechten Fahrbahn. Nicht, weil er das so gerne wollte, sondern weil es nicht anders ging. Er konnte niemanden überholen, nicht mal die Lastwagen, die nur 80 fahren dürfen, aber immer schneller fahren. Außerdem wackelte das winzige Auto im Windschatten der großen Lastwagen dermaßen hin und her, dass es lebensgefährlich war.

Uns störte es nicht, dass wir immer auf der rechten Spur fuhren. So sahen wir wenigstens noch was von der Landschaft. Gerson fand es auch okay. Er hatte im Auto immer ein wenig Angst, vor allem auf der Autobahn, wo ihm von den vorbeiflitzenden Autos schwindlig wurde.

Als Gerard ein paarmal auf der linken Fahrbahn fuhr, weil es nicht anders ging, verursachten die Autos, die in rasendem Tempo auf ihn zufuhren, Gerson Schweißausbrüche.

»Wohin fahren all die Leute bloß?«, fragte er niemand Bestimmten, jedes Mal wenn wir eine weite Reise machten. »Können die nicht ganz normal zu Hause bleiben?«

Der Einzige, den es eher störte, dass wir nicht schneller fahren konnten, war Gerard. Je länger wir unterwegs waren, desto tiefer beugte er sich übers Steuer. Ohne dass er selbst es merkte, schaukelte er manchmal sogar hin und her, als wenn er das Auto mit seinem Körpergewicht vorantreiben wollte.

»Gerard«, sagte Gerson dann.
»Was?«
»Du schaukelst hin und her.«
»Ja, ja, ich bin ein wenig steif geworden vom langen Sitzen.«
»Ja, ja.«
Danach ging es wieder eine Weile gut.

Man sollte meinen, dass wir jeden Sommer Urlaub in Italien machten. Man weiß schließlich nie, wen man dort trifft. Aber nein, es war und blieb Frankreich. Im einen Jahr zum Atlantik, im nächsten quer durch die Pyrenäen. Vor zwei Sommern waren wir in der Provence, in Südfrankreich. Wir und Gerson hatten im Schwimmbad von Avignon geschwommen und saßen mit roten Chloraugen am Campingtisch. Gerard breitete die Karte aus, wir planten die Route für den nächsten Tag.
»Was für einen Maßstab hat die Karte?«, fragte Gerson.
»Eins zu fünfhunderttausend«, antwortete Gerard.
»Was bedeutet das?«, fragte Gerson. »Wie viel Zentimeter sind ein Kilometer?«
»Ein Zentimeter sind fünf Kilometer.«
Wir sahen ihn rechnen. »Italien ist nur hundertfünfzig Kilometer von hier entfernt.«
»Ja und?«, fragte Gerard.
»Wenn wir morgen früh um neun Uhr losfahren, sind wir um elf in Italien.«
»Was sollen wir in Italien? Wir machen Urlaub in Frankreich.«
»Ich will es mir gerne mal anschauen, wir sind jeden Sommer in Frankreich.« Gerson sah uns an.

»Ja«, sagte Klaas, »wir wollen auch nach Italien.«
Gerard stieß einen tiefen Seufzer aus. »Glaubt ihr denn wirklich, dass eure Mutter dort steht, sobald wir über die Grenze fahren?«
»Darum geht's nicht«, sagte Klaas. »Italien ist bestimmt ein schönes Land.«
»Italien ist ein abscheuliches Land«, sagte Gerard. »Es ist dort bullenheiß, Italiener sind äußerst unangenehme, laute Leute, die nichts lieber machen, als einen auf diesen lächerlichen Motorrollern über den Haufen zu fahren, es gibt keine anständigen Klos, sondern Löcher im Boden, über die man sich hocken muss, man bekommt eine Lebensmittelvergiftung oder auf jeden Fall schlimmen Durchfall, sie sprechen nur Italienisch und weigern sich, Englisch oder was auch immer zu reden, sie haben ständig Waldbrände, die sie meistens selbst entfachen, die Züge sind immer zu spät, alle und alles ist immer zu spät, die Kellner sind unfreundlich, wenn man auf einer Terrasse sitzt und sein Geld nicht am Körper festgekettet hat, ist es schon geklaut, und wenn man ins Museum will, ist es immer und ewig geschlossen, weil gerade restauriert wird.«
»Bist du eigentlich schon mal in Italien gewesen?«, fragte Gerson.
»Ich bin doch nicht verrückt!«
»Ist schon gut«, sagte Kees. »Wir fahren also nicht nach Italien.«
»Schade«, sagte Klaas. »Wir hatten gerade so viel Lust darauf bekommen.«
»Und ob wir nach Italien fahren«, sagte Gerard. »Morgen früh um acht Uhr.«

Es dauerte vier Stunden, bis wir die Grenze erreichten, weil sehr viele Leute nach Italien fuhren. »Was wollen all diese Leute bloß in Italien?«, fragte Gerson, aber wir gaben ihm keine Antwort mehr.
Im erstbesten italienischen Dorf parkte Gerard das Auto auf dem Dorfplatz. Daan sprang sofort heraus und drehte wilde Runden. Zwei Jungen auf Motorrollern fuhren quer über den Platz. Noch bevor wir ausgestiegen waren, saß Daan wieder im Auto. Gerard nahm die Leine aus dem Handschuhfach und klickte sie an Daans Halsband.
»Ich setze mich dorthin und trinke was«, sagte er. »Ihr könnt machen, wozu ihr Lust habt.« Er schloss das Auto ab, murmelte noch was und ging auf die Sonnenschirme und Tische zu. Daan folgte ihm ergeben, obwohl er sich ein paarmal umschaute, um zu sehen, wo Gerson blieb.

Zwei Stunden später gingen Gerson und wir wieder über den Dorfplatz. In der Zwischenzeit hatten wir bei jedem Haus im Dorf durchs Fenster geschaut. Jedenfalls, wo das ging, bei vielen Häusern waren die Holzläden vor den kleinen Fenstern geschlossen. Es war ein sehr kleines Dorf, der Platz war der Mittelpunkt, zu dem ein paar Wege führten. Es gab ein Geschäft und einen Frisör, beide geschlossen. Es gab nichts zu erleben, wir waren niemandem begegnet, und uns war furchtbar heiß.
»Drei Cola?«, fragte Gerard.
»Ja!«, sagten wir alle drei gleichzeitig.
Daan sprang auf Gersons Schoß, und Gerard bestellte drei Cola und einen Espresso.

Niemand sagte was, dort auf dem italienischen Dorfplatz. Wir tranken unsere Cola und starrten zu den großen Platanen, die dem Platz Schatten spendeten. Aus dem Café drangen unverständliche Laute, die in einer Art Wellenbewegung verliefen. Es klang laut, dann wurde es noch lauter, und dann schwächte der Lärm ein wenig ab, aber es wurde nie leise.

»Sie schreien wirklich«, sagte Klaas, als er sein Glas mit einem Knall auf dem Tisch abstellte.

»Und es ist hier bullenheiß«, fügte Kees hinzu.

»Gerson, wenn du jetzt mal überprüfen würdest, ob das Klo wirklich ein Loch im Boden ist«, sagte Gerard.

Wir dachten, er machte einen Witz, vielleicht tat er das auch, aber Gerson setzte Daan auf den Boden und ging gehorsam ins Café. Fast unmittelbar verstummten die Laute, die durch die Tür nach draußen wehten. Dann schwollen sie wieder an. Kurz nachdem es im Café zum zweiten Mal still geworden war, kam Gerson zurück. »Ja«, sagte er. »Morgen habe ich bestimmt Muskelkater.«

»Lasst uns jetzt mal gehen«, sagte Gerard.

Wir stiegen in den schnodderfarbenen Ofen. Gerard fuhr ein Stück im Rückwärtsgang und musste mit aller Kraft auf die Bremsen treten, weil die beiden Motorrollerjungen hinter dem Auto entlangsegelten. Daan bellte, und wir seufzten.

Als wir über die Grenze fuhren, wurde es noch stiller im Auto. Es war, als wenn unsere Gedanken – die natürlich auf eine einzige Person gerichtet waren – das letzte kleine bisschen Geräusch aus dem Auto vertrieben. Durch die Windschutzscheibe rollte Frankreich auf uns zu. Daan stand mit den Vorderpfoten auf der Hutablage und leckte die Heckscheibe ab. Er war der Einzige, der sah, wie Italien langsam aus dem Blickfeld verschwand.

# Schälen

Wir können nichts dafür, dass wir Zwillinge sind. Das ist nun einmal so. Wir können ab und zu zwar so tun, als wären wir keine Zwillinge, zum Beispiel, um jemandem damit entgegenzukommen, aber es ist und bleibt ein Spiel. Wir sind immer Zwillinge gewesen, wir sind es jetzt, und wir werden es immer bleiben.
So hat sich mal einer von uns vorne ins Auto gesetzt, während Gerson und der andere sich auf die Rückbank setzten. Aber das funktionierte nicht. Nicht für uns, weil derjenige, der vorn saß, sich ständig umdrehen musste, und auch nicht für Gerson, der spürte, dass wir ihm damit einen Gefallen tun wollten. Davon wurde er halsstarrig und grantig. Mürrisch starrte er aus dem Fenster und beteiligte sich nicht am Gespräch. Wenn wir ihn was fragten, antwortete er doppelt. »Ja, ja.« Oder: »Nein, nein.« Womit er nur sagen wollte, dass wir ihn in Ruhe lassen sollten. Manchmal zog er dabei auch noch die Schultern hoch, wie um uns von sich abzuschütteln.

Eines Tages im Mai, vor einem halben Jahr, fuhren wir zu viert zu Gerards Eltern. Es war ein Sonntag. Es war Frühling. Und weil Frühling war, fuhren wir zu Oma und Opa. Gerard bekam im Frühling immer ein wenig Heimweh nach dem Ort, an dem er geboren war. Dann lag etwas in der Luft – Gerüche, Erinnerungen, Farben in der Sonne –, was ihn wehmütig machte. Nicht traurig, sondern wehmütig, die positive Seite der Traurigkeit, wie er es selbst immer nannte. Am Samstag vor jenem Sonntag hatte er frei, und so hatte er das kleine Auto gewaschen. Der große Unterschied zu den anderen Waschaktionen war, dass er dabei ständig die Nase in die Luft streckte und schnupperte. Als wenn er etwas röche, was er nicht einordnen konnte, und schnuppernd versuchte, draufzukommen, was es war.

»Wir fahren morgen zu Jan und Anna«, sagte er abends.

»Gut«, sagten wir, denn der nächste Tag war ein Sonntag, und Sonntag ist ein Tag, an dem man was unternehmen muss. Wenn man das nicht macht, sonntags, ist es ein furchtbarer Tag. Ein leerer Tag, an dem nichts passiert und der mit Fußball im Fernsehen endet.

Die Sonne schien, die Vögel zwitscherten und das Auto stand bereit, um uns Richtung Osten zu fahren. Es glänzte vor Sauberkeit und roch nach Hartwachs. Die Windschutzscheibe war von Fliegendreck, plattgedrückten Motten und eingetrockneten schmutzigen Regenschlieren befreit worden. Im Auto roch es nach Wald. Gerard sprühte immer ein wenig Tannenduft ins Auto, wenn er mit dem Staubsaugen fertig war.

Gerson setzte sich wortlos vorne auf den Beifahrersitz. Daan kroch zwischen seine Beine, und wir setzten uns nach hinten. Gerard schloss die Hintertür vom Haus ab, hängte den Schlüssel an den Nagel unter dem hervorspringenden Dachrand des Schuppens und stieg als Letzter ins Auto. Er drehte sich um und sah uns an. Danach schaute er zu Gerson hinüber.

»Auf geht's«, sagte er. »Sind alle startklar?« Als wenn wir bei rauer See in einem Rennboot unterwegs wären

oder auf einem schweren Motorrad, auf jeden Fall etwas Gefährliches, etwas Abenteuerliches unternähmen und nicht in einem lahmen schnodderfarbenen Auto säßen. Mit großen Bewegungen drehte er den Schlüssel im Zündschloss, und mit noch größeren Bewegungen legte er den Rückwärtsgang ein. Wenn das Steuer nicht im Weg gewesen wäre, hätte er am liebsten die Knie bis zum Kinn raufgezogen, bevor er die Kupplung und das Gaspedal trat.
»Ist Daan auch startklar?«, fragte er sogar.
Daan hörte seinen Namen und bellte.
»Er sagt ja«, antwortete Gerard. »Wir fahren.«

Wir haben später versucht, uns daran zu erinnern, worüber wir sprachen, im Auto an diesem Sonntagmorgen. Es macht nichts, dass man alles Mögliche vergisst. Man würde verrückt werden, wenn man sich alles merken würde. Aber es gibt Tage, vor allem Tage, an denen Dinge passieren, die normalerweise nicht passieren, die man niemals vergessen wird. Das werden wichtige Tage, große Tage. Alles, was an so einem Tag passiert, bekommt eine besondere Bedeutung. Was *genau* ist geschehen? Wer sagte etwas, und was sagte er? Hätten wir etwas tun können, um es zu verhindern? Regnete es? Schien die Sonne? Alles, einfach alles wird furchtbar wichtig.
Obwohl wir ein gutes Gedächtnis haben, weil wir nun einmal zu zweit sind und zwei mehr wissen als einer, haben wir Schwierigkeiten, uns an die Einzelheiten dieses Tages zu erinnern. Gerard wird über früher erzählt haben. Über den Wald, der hinter seinem Elternhaus beginnt. Über den See, der gegenüber der kleinen

Weide liegt. Über seine Streifzüge durch diesen Wald und die Schwimmpartien im See. Es waren Geschichten, die den Geschichten aus den Abenteuerbüchern ähnelten, die in seinem Zimmer lagen. Wir kannten den Wald und den See. Wir kannten seine Geschichten, weil sie seit eh und je die Einleitung zu einem Besuch bei Opa und Oma waren.

Was hat Gerson an diesem Sonntagmorgen alles gesagt? »Daan, nicht so wild«, sagte er, als Daan nicht nur die Nase, sondern die Hälfte seines Hundekörpers aus dem Fenster strecken wollte. »Wenn du aus dem Auto fällst, brichst du dir alle Pfoten.« Und natürlich machte er Bemerkungen über Gerards Fahrstil, wie immer. Er saß eigentlich immer wie eine Art Fahrlehrer neben Gerard. Er war auch derjenige, der dafür sorgte, dass wir von der Autobahn abfuhren. Darüber haben wir noch ein wenig gestritten. Wir wollten so schnell wie möglich bei Oma und Opa sein, Gerson wollte eine »Touristenroute« nehmen. »Die Birnbäume blühen«, sagte er. »Das ist schön.« Gerard stimmte ihm zu. Es stand also zwei gegen zwei, aber gerecht war das nicht, weil Gerard und Gerson uns manchmal als eine Person sahen und Gerard fuhr. Und darum mehr zu sagen hatte.

Und so kam es, dass vorne im Auto in zufriedener Stimmung blühende Birnbäume bewundert wurden, während wir uns die Bäume auch anschauten, aber eben nicht ganz so zufrieden.

»Woher weißt du eigentlich, dass es Birnbäume sind?«, fragte Klaas aus reiner Unzufriedenheit.

»Weil die Blüten weiß sind«, sagte Gerson.

»Ja und?«, sagte Kees.
»Birnen blühen weiß, Äpfel rosa.«
»Glaub ich nicht«, sagte Klaas.
»Ich auch nicht«, sagte Kees.
»Und doch ist es so«, sagte Gerson.
»Ist es nicht genau umgekehrt?«, fragte Gerard, der mehr auf die Bäume als auf die Straße achtete.
»Dann stehen hier also nur Birnbäume«, sagte Klaas. »Obstgärten voll mit Birnbäumen. Im Gemüseladen liegen aber immer viel mehr Äpfel als Birnen.«
»Schau nach vorn«, sagte Gerson zu Gerard. »Du fährst fast in den Graben.«
Wir wussten, es war ein völlig unwichtiges Gespräch gewesen. Es hätte sich genauso gut um etwas anderes handeln können. Aber das war nicht so. Wir redeten über Birnbäume. Um Gerson zu ärgern, fuhr Gerard absichtlich ein Stück auf den Grünstreifen auf der linken Straßenseite. »Ui«, rief er, »ich fahre fast in den Graben.«
Darüber mussten wir lachen, auch Gerson. Wir waren vier lachende Männer in einer alten Klapperkiste. Wir waren unterwegs. Die Sonne schien, es war Sonntagmorgen, alles war gut. Ein Stück weiter entfernt war eine Kreuzung. Wir lachten noch immer, als ein Auto in unser Auto fuhr. Das Auto kam von rechts und fuhr einfach so in Gerson. Wir können uns nicht an alles erinnern, wir wissen nicht mehr genau, was Gerson an diesem Morgen alles gesagt hatte. Aber das Letzte, was er sagte, war: »Au.«

Keiner hatte etwas gesehen, wir waren völlig unvorbereitet. Wir lachten, und ein paar Sekunden später war uns das Lachen gründlich vergangen. Gerson saß ganz normal gerade auf seinem Sitz. Die rechte Autotür hatte sich um ihn gefaltet. Ein Teil vom Dach, eine Eisenstange, war in mehrere Teile zerbrochen, und die Teile ruhten auf seinem Kopf. Oder vielleicht auch in seinem Kopf, das konnten wir vom Rücksitz aus nicht gut sehen. Wir wollten es auch nicht sehen. Das Armaturenbrett hatte sich nach hinten verschoben und drückte gegen seine Brust. Er war völlig eingeklemmt. Er schrie nicht, er weinte nicht. Er sagte ganz leise: »Au«, als hätte er sich durch seine eigene Schuld den großen Zeh gestoßen. Erst anderthalb Wochen später würde er wieder etwas sagen.

Kees, der auch auf der rechten Seite saß, brach sich den Arm. Gerard bekam Glassplitter von der zertrümmerten Windschutzscheibe ins Gesicht und in den Hals. Klaas klagte später über Schmerzen im Nacken. Daan war von dem Aufprall durch das Fenster an der Fahrerseite nach draußen geschleudert worden. Er war als Erster aus dem Auto. Anscheinend fehlte ihm nichts, weil er laut bellend um das Auto lief. »Still, Daan«, hätte Gerson gesagt, wenn er hätte sprechen können.
Der Fahrer des anderen Wagens stieg aus und stellte sich vor unser Auto. Er schaute durch die Stelle, an der die Windschutzscheibe gewesen war, zu uns herein. Er sagte nichts. Er erzählte später, dass Daan ihn gebissen hatte. Als er zu uns hereinsah, hatte Daan sich in seine Hosenbeine verbissen. Erst hatte er nichts bemerkt. Nach einer Weile fühlte er, dass etwas an ihm zerrte. Er dachte, ihm sei schwindlig, und betastete seinen Kopf. Danach erst blickte er nach unten.

Wir sahen das alles nicht, Daan ist ein kleiner Hund, und die Motorhaube war im Weg. Was wir wohl sahen, war, *wie* der Mann Gerard und Gerson anschaute. Wir sahen in seinen Augen, dass dieser Anblick etwas mit seiner Sprachlosigkeit zu tun hatte. Die Stille wurde in dem Moment durchbrochen, als der Mann ein Handy aus seiner Innentasche zog.

Kurz darauf war auf der Kreuzung zwischen den Obstgärten plötzlich jede Menge los. Autos und Kleinbusse mit rotem und blauem Blinklicht tauchten auf. Gerard und Kees wurden in einen Krankenwagen geschoben. Klaas blieb zurück. Er hat alles gesehen. Er sah riesige Kneifzangen, Elektrosägen, Wagenheber, Hämmer, mit Flüssigkeit gefüllte Beutel, aus denen Schläuche hingen, und viele Menschen, die all diese Gegenstände gleichzeitig zu benutzen schienen. Er hatte ständig die Idee im Hinterkopf, dass er es nicht sehen wollte, dass er sein Gesicht unbedingt abwenden sollte. Man fragte ihn alles Mögliche. Jemand fragte ihn sogar, wer er war. »Ich gehöre dazu«, hatte er geantwortet, fast wie man sich in einem Laden entschuldigt, wenn man nur mitgeht und selbst nichts kauft. Gerson wurde langsam, Stück für Stück, aus dem Wagen geschält.
»Gerson saß nicht im Auto«, sagte Klaas später, »das Auto saß in Gerson.«

## Schlafen und Essen

Gerson hatte schwarzes Haar und grüne Augen. Wunderschöne Augen, Augen, wie man sie sonst fast nirgends sieht. Er hatte eine große Nase und einen großen Mund. Oder besser gesagt, einen breiten Mund mit vollen Lippen, nicht so dünnen. Seine Ohren waren auch groß, aber es waren keine Segelohren, sie standen nicht ab. Auf seiner linken Wange war ein kleiner Kreis, perfekt rund. Eine Narbe von einem Sturz mit dem Roller, dem ein Gummigriff fehlte. Als das Unglück geschah, hatte er ziemlich lange Haare und zwei kleine Pickel am Kinn. Gerson war – das trauen wir uns ohne weiteres zu sagen, wir sind ja schließlich seine Zwillingsbrüder – ein hübscher Junge. Viel hübscher als wir. Wir haben Strohhaare und krumme Nasen und blaue Alltagsaugen. Augen, wie man sie überall sieht, wo immer man auch hinschaut. Wir kommen nach unserer verschwundenen Mutter, Gerson sieht Gerard ähnlich.

Am Abend nach dem Ende des kleinen Autos sahen Gerard und Gerson sich absolut nicht ähnlich. Gerard war mit Nähten überzogen, sein Gesicht ein einziges Fadenknäuel.
»Wollen Sie zu einem plastischen Chirurgen?«, war die einzige Frage, die der Arzt in der Ambulanz gestellt hatte.
»Sind Sie verrückt«, antwortete Gerard, »die paar Schnitte.« Er hatte nicht die Zeit gehabt, in den Spiegel zu sehen, als der Arzt auch schon zu Nadel und Faden griff. »Kümmern Sie sich lieber um meinen Sohn.«

Mit diesem Sohn hatte er Gerson gemeint, aber der war noch nicht im Krankenhaus angekommen. Auf dem Bett neben Gerard lag Kees. Er schrie vor Schmerzen, weil ein anderer Arzt sehen wollte, wo genau sein Arm gebrochen war. »Tja«, hatte der Arzt gesagt, »das scheint mir eindeutig. Da also.«
Sie nannten den Bruch »einen schönen Bruch«, und dann wurde Kees' rechter Arm eingegipst. Die Ärzte, die Gerard und Kees versorgten, waren echte Ambulanzärzte. Unfallchirurgen, die sich resolut an die Arbeit machten und keine Worte oder Zeit für überflüssige Dinge verschwendeten. Unfallchirurgie ist Unfallchirurgie. Als sie fertig waren, setzten Gerard und Kees sich in das leere Wartezimmer, um auf Gerson zu warten.

Gerson wurde ein paar Stunden später gebracht. Er hatte nicht nur ein paar Schnitte im Gesicht oder einen gebrochenen rechten Arm. Er wurde in einen anderen Teil des Krankenhauses gebracht. Klaas hatte keine Ahnung, wo er Gerard und Kees finden konnte, und irrte lange durchs Krankenhaus, bevor er auf die Idee kam, zur Ambulanz zu gehen. Während seiner Suche war er auf sämtlichen Stationen gewesen, und die Ruhe, die dort herrschte, hatte auch ihn ruhig gemacht. Nirgendwo lagen Menschen und schrien oder brüllten oder bluteten entsetzlich. Anscheinend war Besuchszeit, überall saßen Leute an den Krankenhausbetten. Er sah Blumen und hörte Gelächter. Die Leute taten, als wären sie nicht in einem Krankenhaus. Während Klaas durch die langen Gänge irrte, fing er Fetzen von Gesprächen auf. Gespräche, die Leute auch zu

Hause auf dem Sofa oder im Badezimmer führen könnten. Die Ärzte und Schwestern, die er sah, gingen in aller Ruhe durch die Gänge, als wenn es nichts gäbe, worüber sie sich aufregen müssten.

Wir waren eine Weile getrennt gewesen, was uns nicht oft passiert, aber als Klaas ins Wartezimmer vor der Ambulanz trat, waren wir wieder zusammen. Vor Schreck oder Erleichterung fing Kees an zu flennen, als er Klaas sah.
»Was hast du?«, fragte Klaas.
»Einen gebrochenen Arm«, sagte Kees. Er sah Klaas eine Weile an, ohne etwas zu sagen. »Ich habe nicht mal eine Betäubungsspritze gekriegt«, sagte er danach ein wenig gekränkt. »Aber es ist ein schöner Bruch.«
Klaas fragte Gerard nichts. Er sah genug.
»Wo ist Gerson?«, fragte Gerard.
»Irgendwo oben. Auf der Intensivstation.«
»Warum? Ist es so schlimm?«
»Das wissen sie noch nicht, sie untersuchen ihn noch. Er ist nicht bei Bewusstsein, sie sagten, dass er stabil sei. Was immer das bedeutet.«
»Aber er hat doch Au gesagt?«, fragte Kees. Er zog die Nase hoch.
»Schon, aber offenbar ist er danach bewusstlos geworden.«
Gerard stand auf. Er fasste Kees am linken Arm und zog ihn aus dem knallroten Plastikstuhl hoch.
»Wo ist die Intensivstation?«
Zu dritt gingen wir Klaas' Irrweg in umgekehrter Reihenfolge zurück. Nur war es jetzt kein Irrweg mehr. Wir wussten, wo wir waren, wir wussten, wohin wir

gingen. Genäht, eingegipst, mit steifem Nacken und mit dem Gefühl, als sei das Linoleum aus Kaugummi, gingen wir durch scheußlich lange Gänge und über eine scheußlich steile Treppe zur Intensivstation.

»Splenorrhagie? Was ist das für ein Wort? Das sagt mir rein gar nichts!« Gerard hob seine Stimme nicht, sondern sprach die Worte fast verbissen aus. Er regte sich auf, das war deutlich.

»Eine Milzblutung. Seine Milz ist gerissen, und der Chirurg führt gerade eine Splenorrhaphie durch.«

»Splenorrhaphie. Im einen Moment sieht man sich blühende Birnbäume an, und im nächsten Moment erzählt dir jemand, dass dein Sohn eine Splenorrhagie hat.«

Der Krankenpfleger schaute auf den Boden. Aus den kurzen Ärmeln seines dunkelgrünen T-Shirts kamen muskulöse Arme zum Vorschein. Er hatte kurzgeschorene Haare, einen stoppeligen Dreitagebart, und in seinem linken Ohrläppchen hing ein silbernes Kreuz. Wir würden ihn in den nächsten Wochen oft sehen, aber das wussten wir damals noch nicht.

Bevor er die schwierigen Wörter nannte, hatte er uns schon von Gersons rechtem zerschmetterten Unterarm erzählt. Von seinen stark geprellten Rippen. Und von einer Verletzung seiner Augen, die von der Stange aus dem Dach verursacht worden war. Die Stange, die wir nicht sehen wollten, als wir noch im Auto saßen. Über die weniger ernsthaften Dinge, Fleischwunden und Prellungen, hatte er nichts gesagt.

»Und jetzt?«, fragte Gerard.

»Jetzt nichts«, sagte der Krankenpfleger, der Harald hieß. »Abwarten. Möchtet ihr was zu trinken?«

Harald war schwul, das sahen wir gleich. Aber das war uns egal, das stört uns nicht. Er war sehr lieb. Vor allem auch zu Gerson, der noch ein paar Wochen im Krankenhaus liegen würde. Er brachte uns in ein leeres Zimmer. Kurze Zeit später schob er einen Teewagen mit Kaffee und Mineralwasser herein. Wir nahmen jeder ein Fläschchen Wasser. Das Zimmer hatte ein riesiges Fenster. Durch das Fenster hatten wir einen großartigen Ausblick über die Stadt, in der das Krankenhaus war. Sie waren so lange mit Gerson beschäftigt, dass wir sahen, wie die Nachmittagsaussicht eine Dämmerungsaussicht wurde. Harald hatte irgendwann das Neonlicht eingeschaltet.
»Wenn ihr das Licht zu grell findet, könnt ihr auch das Wandlicht anmachen«, sagte er.
»Ja, ausmachen«, sagte Gerard sofort.
Danach saßen wir in einem dämmrigen Zimmer und schauten über die Stadt.
»Das ist nicht gut«, sagte Gerard. Er hatte gerade seine vierte Tasse Kaffee getrunken. »Alleine in einem Zimmer, das ist nicht gut.« Danach trank er ein Fläschchen Wasser in einem Zug aus.

»Der Riss in seiner Milz war größer, als wir dachten, wir haben die Milz entfernen müssen. Das klingt schlimmer, als es ist, man kann gut ohne Milz leben. Wir haben einen Stift in seinem Unterarm angebracht. Ich denke, dass er den Arm in ein paar Monaten wieder normal bewegen kann.«
Gerard, der über das Bett gebeugt saß, wodurch wir gut erkennen konnten, dass er und Gerson sich an diesem Abend wenig ähnlich sahen, hörte dem Chirurgen kaum zu. »Warum sagt er nichts?«, fragte er.

»Er wurde bewusstlos eingeliefert«, sagte der Chirurg. »Für die langen Operationen hat er eine Narkose bekommen. Jetzt müssen wir abwarten, wann er aufwacht.«

»Warum sind seine Augen verbunden? Ist was mit seinen Augen?«

Der Chirurg räusperte sich, bevor er weitersprach. »Wir mussten uns auf drei Verletzungen richten«, sagte er, fast schüchtern, als wenn es seine Schuld wäre, dass Gerson dort mit dem halben Kopf im Verband auf dem Bett lag. »Die ersten beiden, die Milz und den Arm, habe ich schon genannt.« Er sagte nichts mehr und sah Klaas an. (Später haben wir uns darüber noch gewundert. Woher wusste er, wer wer war? Wir sehen uns so ähnlich wie zwei Schneeflocken. Hatte ihm jemand gesagt, dass der Zwilling ohne gebrochenen Arm derjenige war, der bei Gerson geblieben war? Vielleicht war es auch ein Zufallstreffer.)

Gerard und Kees sahen auch zu Klaas, der am Fußende des Bettes stand.

Klaas sah die drei Augenpaare nicht. Er sah eine zerschmetterte Windschutzscheibe. Er sah Blut und Hände in Gummihandschuhen, die über Gersons Gesicht strichen.

Ein Bild, das er unbewusst auszulöschen versucht hatte, drängte sich ihm wieder auf. Es weigerte sich, sich zu den anderen schemenhaften Bildern in einer dunklen Ecke seines Gehirns zu gesellen. Es war kein vollständiges Bild, es fehlten ein paar grüne Augen.

»Er ist blind«, sagte er.

»Davon müssen wir wohl ausgehen«, sagte der Chirurg.

»Ich will hier bleiben«, sagte Klaas.
»Ich auch«, sagte Gerard.
Kees wollte auch bleiben.

Es sei nicht üblich, sagte Harald zu uns, dass Leute, denen nichts fehlte, im Krankenhaus schlafen durften.
»Und was ist das hier?«, fragte Kees, während er seinen Gipsarm, der in einem Dreieckstuch hing, vorsichtig ein Stückchen anhob.
Harald machte drei Betten in dem Zimmer, in dem wir schon den ganzen Nachmittag gesessen hatten. Er fragte uns auch, ob wir was essen wollten. Das wollten wir nicht, aber kurze Zeit später kam er trotzdem mit einem Tablett voll Äpfeln und Käse- und Schinkenbrötchen herein. »Falls ihr doch noch Hunger bekommt«, sagte er. Wieder einen Moment später brachte er uns drei Zahnbürsten und eine Tube Zahnpasta. Er warf einen Blick auf das Tablett und ging wortlos wieder weg.
Wir machten das Licht aus und saßen still da und schauten aus dem Fenster. In fast allen hohen Bürogebäuden gegenüber brannte Licht. Durch die Räume gingen Menschen, die große Staubsauger hinter sich herzogen. Auch am Sonntagabend wurde geputzt. Ein endloser Strom von Autos zog über die Autobahn neben dem Krankenhaus. Auf der anderen Seite des Fensters glänzte und bewegte sich alles Mögliche.
»Das ist nicht gut«, sagte Gerard zum zweiten Mal an diesem Tag. »In einem Krankenhaus übernachten, das ist nicht gut.«
»Ich seh noch mal nach Gerson«, sagte Kees.
»Ich komme mit«, sagte Klaas.

Einen Moment später standen wir an Gersons Bett, jeder an einer Seite.
»Ob er uns hören kann?«, fragte Kees.
»Wenn wir was sagen würden, vielleicht schon.«
Es war nicht ganz still im Raum. Allerlei Apparate über und neben seinem Bett piepsten oder rauschten leise. Wir konnten seinen Herzschlag ablesen. Achtzig. Vierundachtzig. Achtundsiebzig.
Das Zimmer, in dem Gerson lag, war schräg gegenüber unserem Zimmer, an der Rückseite des Krankenhauses. Oder lag es doch nach vorne hinaus? Wir wussten nicht genau, wo in dem riesigen Gebäude wir uns befanden. Wir dachten, an der Rückseite, weil wir außer dem Autostrom auf der Autobahn kaum etwas sahen, wenn wir aus dem Fenster schauten. Hier war der Stadtrand. Lag dort ein Wald? Weiden? Ein Park ohne Laternen? Wie auch immer, Gerson hatte nichts von der Aussicht, Aussichten waren für ihn Vergangenheit.
Klaas nahm Gersons linke Hand. Er rieb mit seinem Daumen darüber. Gerson reagierte nicht. Es war seltsam. Wenn man sich Menschen ansieht, wenn man sie anschaut, blickt man ihnen in die Augen. Man schaut nicht auf den Mund oder die Nase von Leuten, wenn man mit ihnen redet oder ihnen die Hand gibt. Sogar wenn jemand mit geschlossenen Augen in einem Bett liegt, sieht man ihn doch an. Wir konnten Gersons Mund ansehen, seine Nasenspitze, die beiden Pickel auf seinem Kinn. Das war's.
»Morgen früh kann er wieder reden«, sagte Klaas.
»Dann können wir ihm wenigstens auf den Mund sehen.«

Es wunderte uns überhaupt nicht, dass Gerard schon schlief, als wir wieder in das dämmrige Zimmer traten. Gerard ist ein Schläfer, vor allem in schweren Zeiten. Andere Menschen reden, weinen, schreien oder fluchen, aber Gerard schläft einfach ein. Wenn man schläft, ist man eine Weile nicht da, geht alles an einem vorbei. Wir schoben unsere Betten vor das große Fenster. In einem Schrank fanden wir ein paar Extrakissen, mit denen wir die Kopfenden erhöhten. Wir sind keine Schläfer, und Kees hätte auch nicht gewusst, wie er das mit dem Gipsklumpen an seinem Arm hätte machen sollen. Wir zogen die Decke über uns und starrten auf die Bürotürme, die jetzt völlig verlassen waren. In manchen Räumen brannte aber noch ein schwaches Licht.
»O nein! Daan! Ich habe Daan völlig vergessen«, rief Klaas plötzlich.
»Bei den Birnbäumen?«
»Nein, unten vor dem Haupteingang. Ich wollte ihn mit reinnehmen, aber das ist verboten, Hunde dürfen nicht ins Krankenhaus.«
»Wohl in den Krankenwagen?«
»Auch nicht. Aber wir waren schon unterwegs, als sie merkten, dass Daan auch drinsaß.«
Gerard wühlte und wälzte sich im Bett hin und her. Er murmelte etwas, was wir nicht verstehen konnten.
»Ist er angebunden?«
»Ja. Es ist seltsam, aber kurz bevor wir weggingen, habe ich noch an seine Leine gedacht. Die habe ich aus dem Handschuhfach geholt.« Klaas starrte eine Weile nach draußen. »Ich brauchte es nicht mal aufzuma-

chen, die Klappe hing herunter«, sagte er. »Es war Blut daran.«
»Irgendwer hat ihm bestimmt Wasser gegeben«, sagte Kees. »Vielleicht versteht er, was passiert ist. Daan ist ein schlauer Hund und öfter mal nachts draußen.«
»Also morgen früh?«, fragte Klaas.
»Morgen früh«, antwortete Kees. »Morgen früh regeln wir alles.«
Danach aßen wir – bis auf zwei Äpfel und zwei Brötchen – alles auf. Wir sind keine Schläfer, wir sind Esser.

## Warten

Am nächsten Morgen schlichen wir in aller Frühe zusammen durchs Krankenhaus. Wir hatten beide ein Schinkenbrötchen dabei. Sie waren nicht mehr besonders frisch, aber das würde Daan egal sein. Er saß auf einer Bank neben dem Eingang. Er schlief nicht, er jaulte nicht. Aber er sah uns ziemlich merkwürdig an.
Im Laufe der Zeit hatten wir entdeckt, dass Daan vier Gesichter ziehen konnte. Die drei einfachen waren das schläfrige Gesicht, das frohe Gesicht und das traurige Gesicht. An diesem Morgen hatte er einen vierten Gesichtsausdruck bekommen, der nicht einfach zu beschreiben ist. Ein bisschen beleidigt und bockig. So schaut er, wenn ihm etwas nicht passt oder wenn er eifersüchtig ist. Am liebsten würde er einen gar nicht anschauen, aber das schafft er nicht, und darum guckt er ein wenig schräg und verstohlen. Als wenn er sagen wollte: Ich sehe dich zwar, aber erwarte bloß nichts von mir.
»Ich kann auch nichts dafür, Daan«, entschuldigte sich Klaas. »Wir hatten andere Sorgen.« Er riss kleine Stücke von seinem Schinkenbrötchen ab und legte sie auf die Lehne der Bank. Wie erwartet drehte Daan den Kopf weg und schaute demonstrativ in die andere Richtung. Er erinnerte uns in diesem Moment sehr an Gerson, der konnte ähnlich dickköpfig und störrisch sein. Vielleicht verstanden sie sich darum so gut, die beiden. Es war auch möglich, dass er Gerson erwartet hatte und deshalb jetzt mürrisch war. Wir waren zweite

Wahl, wir waren nur Stöckewerfer. Jemand hatte eine Schale mit Wasser vor die Bank gestellt. Als Kees Daan streicheln wollte, legte er sich hin und schloss die Augen, wie wenn er auf der Stelle einschliefe.
»Wenn wir hier bleiben, frisst er nichts«, sagte Kees.

»Ich sage es vorsichtshalber dazu«, erklärte Harald. »Die Leute bekommen immer einen Riesenschrecken, wenn das Wort Koma fällt. Sie denken gleich das Allerschlimmste, dabei besteht dafür längst nicht immer ein Anlass.«
Wir sagten nichts, wir starrten aus dem Fenster. Wir sahen an diesem Morgen, dass der dunkle Fleck an der Rückseite des Krankenhauses ein kleiner Wald war. Die Entdeckung berührte uns wenig.
»Es ist also eigentlich nicht so schlimm?«, fragte Gerard.
»Natürlich ist es schlimm«, sagte Harald. »Es ist besser, nicht im Koma zu liegen. Was ich sagen will, ist, dass nicht alle Komas gleich sind.« Er sah ziemlich angeschlagen aus, als wenn er selbst nicht so recht wüsste, was ein Koma nun eigentlich war.
Kees hatte seinen Blick nicht mehr auf das Fenster, sondern auf die Apparate gerichtet, die Gersons Bett umrahmten. »Er atmet selbst«, sagte er.
»Das stimmt«, sagte Harald. »Er atmet, und sein Herz pumpt aus eigener Kraft Blut durch seinen Körper.«
»Und wann wacht er auf?« Gerard stellte Fragen, die Harald nicht beantworten konnte. Das begriffen sogar wir. Wir sahen es an seinem Gesicht.
»Abwarten, bestimmt wieder abwarten«, sagte Gerard selbst. »Alle sagen ständig abwarten.« Er seufzte tief. »Ich hasse abwarten. Warten frisst einen auf.«

»Ja«, sagte Harald. Dann sagte er etwas Seltsames. »Benutzt er etwas gegen Pickel?«
»Pickel?«, fragte Gerard. »Pickel?«
»Nein«, sagte Klaas. »Er ist dreizehn, das sind die ersten.«
»Dann werden wir uns auch darum kümmern«, sagte Harald.
Später begriffen wir, dass er etwas tun wollte, was auch immer. Harald war Krankenpfleger, er wusste viel, und er konnte viel, aber zerschmetterte Arme wieder ganz kriegen, operieren, solche Sachen konnte er nicht und durfte er nicht. Weil man von Gerson in den ersten paar Wochen wenig mehr sah als seine Nase, seinen Mund und sein Kinn, fielen die beiden Pickel umso mehr auf. Zwei Feuerinseln in einem Meer aus weißem Verband.

Einen Tag zuvor war uns aufgefallen, dass es sehr seltsam ist, wenn man jemanden nicht ansehen kann. Jetzt fühlten wir, dass es sehr seltsam ist, zu viert um ein Bett herumzustehen und *über* jemanden zu reden, der in dem Bett liegt. Nicht *mit* ihm zu reden, sondern *über* ihn. Als Harald sagte, dass Gerson selbst atmete, hatte er das Deckbett zurückgeschlagen. Wir sahen mit eigenen Augen, wie Gersons Brust sich hob und senkte. Wir sahen sogar sein Herz schlagen. Er war da – er war der Mittelpunkt sozusagen –, aber er war gleichzeitig auch nicht da. Es ist schwierig zu erklären. Alles drehte sich nun um Gerson, aber er war unsichtbar, er schien verschwunden zu sein. Wie ein abwesender Hauptdarsteller in einem Film.
»Man kann jahrelang im Koma liegen und eines Tages

einfach aufwachen.« Harald strich kurz mit seiner großen Hand über Gersons Brust, bevor er das Laken wieder gerade zupfte. »Gerson kann natürlich auch morgen aufwachen«, fügte er schnell hinzu. »Wir können nichts dafür tun, wir können nichts vorhersagen. Abwarten, wie du schon gesagt hast, das ist das Einzige. Und das ist nicht angenehm.«
Er hatte »du« zu Gerard gesagt. Das fanden wir nicht seltsam. Gerard saß wie ein kleiner Junge neben Gersons Bett. Ein kleiner, verängstigter Junge. Wir hätten es sogar nicht seltsam gefunden, wenn Harald Gerard übers Haar gestrichen und »alles wird wieder gut« gesagt hätte. Das tat er aber nicht.
»Ihr geht jetzt besser nach Hause«, sagte er. »Und kommt heute Nachmittag noch mal wieder.«
»Dürfen wir nicht noch eine Nacht hier bleiben?«, fragte Gerard und wurde ein noch kleinerer Junge.
»Nein, das geht nicht. Aber ihr könnt Gerson jederzeit besuchen. Wir haben hier keine festen Besuchszeiten. Wenn ihr nicht hier seid, bin ich bei ihm. Oder jemand anders natürlich.«

Im Zug hatten wir ein Abteil in der ersten Klasse für uns allein. »Ich setze mich nicht zwischen all die Leute«, hatte Gerard gesagt, als wir am Bahnhof ankamen. »All das Gewäsch und Geplapper, dieser sinnlose Luftaustausch, das ertrage ich jetzt nicht.«
Daan saß am Fenster und schaute mit heraushängender Zunge Bäumen, Gräben, Strommasten und Häusern nach. Wenn er ein Pferd sah, bellte er. Das Fenster beschlug davon. Er schaute jetzt nicht mehr beleidigt und bockig drein, aber auch nicht froh oder schläfrig.

»Daan schaut anders«, sagte Kees. »Aber wie?«
»Ernst«, sagte Gerard. Das war das einzige Wort, das er während der Zugfahrt sagte.
»Bedächtig«, sagte Klaas.
Kees beugte sich ganz nahe zu Daan. »Er ist ernst, ja«, sagte er. »Das hat er aber schnell gelernt. In einer einzigen Nacht.«

Ein Taxi brachte uns nach Hause. Wir hatten kein Auto mehr. Zu Hause war alles wie am vorigen Tag, aber alles sah anders aus. Die Sonne, die Vögel, der kleine Friedhof, die Lämmer. Daan sprang aus dem Taxi und legte sich auf die Brücke. Wir riefen ihn, als wir die Hintertür aufschlossen, aber er blieb liegen.
Das grüne Lämpchen des Anrufbeantworters leuchtete zweimal schnell hintereinander.
»Jan und Anna«, sagte Gerard. »Total vergessen.« Er drückte auf den Wiedergabeknopf. Das Band wurde zurückgespult.
»Es ist jetzt zwei Uhr«, sagte Anna, ohne zu sagen, wer dran war, »und ihr seid immer noch nicht da. Ihr wolltet doch früh losfahren? Wo seid ihr? Ich habe schon eine Kanne Kaffee weggießen müssen, und Jan macht sich Sorgen.« Danach war es einen Moment still. »Von so einem Apparat hat man auch nichts, niemand sagt was, jetzt wissen wir noch immer nichts. Ich sage mal bis gleich.« Danach ertönte vier Mal das Besetztzeichen und dann wieder ein Pfeifton. »Jetzt ist es sieben Uhr«, sagte Anna, wieder ohne zu sagen, wer dran war, »und wir verstehen gar nichts mehr. Es ist etwas passiert, das muss fast so sein. Aber was? Warum ruft ihr nicht an? Sollen wir die Polizei anrufen? Oder das

Krankenhaus? Meldet euch bitte schnell, so haben wir keine Ruhe.« Im Hintergrund hörten wir Opas Stimme, die wir nicht verstehen konnten. »Jan fragt, ob ihr einen Unfall mit der alten Klapperkiste gehabt habt, aber so was will ich gar nicht denken.« Wieder war es eine Weile still, und wieder hörten wir Opa etwas sagen. »Jetzt weiß ich nichts mehr«, sagte Anna. »Ich lege auf und hoffe, dass ihr schnell anruft.«

Wir setzten uns fast gleichzeitig zu dritt nebeneinander aufs Sofa.

»Und jetzt?«, fragte Gerard. »Müssen wir nicht was machen, irgendwohin oder so?«

»Ich bin krank«, sagte Klaas.

»Ich auch«, sagte Kees. »Und ich habe einen gebrochenen Arm.«

»Dann bin ich auch krank«, sagte Gerard. Danach nahm er das Telefon.

# Küssen

Harald drückte auf eine Tube. Mit der Fingerspitze seines Zeigefingers fing er einen Klacks Salbe auf. Er schmierte sie ganz vorsichtig auf die beiden Pickel auf Gersons Kinn und summte leise dabei. Eigentlich war es eher ein sehr leises Brummen. Leise und zufrieden. Statt seines silbernen Kreuzes hing an diesem Tag ein Fisch an seinem Ohrläppchen. Wenn uns nicht alles täuschte, war es ein Delfin.

Es war zwei Tage später. Wir standen schon eine Weile in der Tür und beobachteten Harald und Gerson.

»Ist er nicht ein wenig *zu* lieb?«, flüsterte Klaas.

»Nein«, antwortete Kees. »Da sind wir wieder«, sagte er danach laut.

»Da seid ihr ja wieder«, sagte Harald. Er wischte sich die Finger an seinem grünen T-Shirt ab und drehte die Tube wieder zu.

Gerson sagte nichts. Er sagte schon seit drei Tagen nichts. Er hatte einen neuen Verband um den Kopf, einen kleineren, der breite Strähnen von seinem schwarzen Haar frei ließ. Jetzt noch Ohren, Stirn und Augen, und er war wieder unser Gerson.

Harald zog die Nachttischschublade neben Gersons Bett auf und legte die Tube Salbe hinein. »Ich möchte euch was sagen«, meinte er. Er stand auf und stellte sich ans Fenster. Was immer er auch sagen würde, er würde uns den Rücken dabei zukehren. »Ihr müsst so viel wie möglich mit Gerson reden und ihn berühren. Es sind Fälle von Komapatienten bekannt, die doch irgendwie Kontakt zu den Menschen an ihrem Bett hat-

ten. Es scheint, dass allerlei Reize von außen ihnen helfen können, schneller aus dem Koma zu erwachen. Indem ihr mit Gerson redet und ihn anfasst, indem ihr was mit ihm macht, könnt ihr ihn vielleicht aus seinem Schlaf holen.« Er drehte sich um und sah uns an.
»Was sollen wir denn sagen?«, fragte Kees, ziemlich idiotisch, wie wir später fanden.
»Das ist egal. Es geht um das Reden. Ihr müsst ihm das Gefühl geben, dass er noch da ist, dass er am Leben teilnimmt, dass er in dieses Leben zurückkehren muss. Am besten so schnell wie möglich.«

Da saßen wir dann, jeder an einer Seite vom Bett. Wir dachten beide daran, wie Gerson Daan pausenlos bequasselt hatte. Damals, als Mutter wegging und er nicht aufhörte zu jaulen. Jetzt mussten wir pausenlos quasseln. Viel reden, damit haben wir keine Probleme. Haben wir auch nie gehabt, dafür hatten wir einander ja immer. Aber jetzt, wo Harald uns mehr oder weniger *beauftragt* hatte zu reden, saßen wir sprachlos da und mit schwerer Zunge. Wie wenn man in einem vollen Raum ein Gedicht vortragen muss, kurz nachdem jemand gerufen hat: »Ruhe bitte! Klaas oder Kees, sagt jetzt ein Gedicht auf!« Dann kann es passieren, dass man durch die plötzliche Stille und Aufmerksamkeit keinen Ton mehr rausbekommt.
So fing es an:
»Gerson, du musst in dieses Leben zurückkehren.«
»Mensch, Kees, was redest du denn da?«
»Harald hat es doch auch gesagt?«
»Harald ist ganz scharf auf geschwollene Wörter und Ausdrücke. Würdest du selbst jemals so was sagen?«

»Das weiß ich nicht.«
»Aber ich. Nie im Leben. Da kannst du auch gleich sagen: ›Gerson, das hier ist ein Reiz von außen.‹«
»Erzähl nicht so einen Stuss.«
»Erzähl selbst nicht so einen Stuss!«
»Aber wir müssen doch was sagen.«
»Du kannst dir doch wohl was anderes ausdenken?«
»Im Moment gerade nicht, nein.«
»Hätten wir bloß besser aufgepasst, als Gerson abendelang mit Daan geredet hat.«
»Müssen wir *mit* ihm reden, oder können wir auch miteinander reden, so dass Gerson einfach zuhört?«
»Ich weiß es nicht. Wo ist Harald plötzlich hin?«
Wie mit so vielen Dingen ging es dann von selbst. Wenn man nur nicht zu viel darüber nachdenkt, sondern es einfach tut. Wir taten noch was anderes. Klaas streichelte ununterbrochen Gersons Arm, während wir dort saßen und quasselten. Kees saß an der Seite, an der Gersons zerschmetterter Arm war, und wusste nicht so recht, was er machen sollte. Nur Gersons Fingerspitzen schauten aus dem Gips. Darum verteilte er die Salbe, die Harald auf Gersons Kinn geschmiert hatte, noch ein wenig besser.
Als er damit fertig war, erzählte er Gerson von dem großen, dunkelblauen Mietauto aus der Werkstatt. Dass er bei der Beschreibung die Airbags nicht ausließ, war vielleicht ein wenig unüberlegt. Angenommen, Gerson konnte uns wirklich hören? Als wir einfach nicht mehr wussten, worüber wir noch reden konnten, gab Kees Gerson einen Kuss auf den Mund.
»Ich glaube, küssen ist sehr gut«, sagte er. »Lippen sind sehr sensibel, das fühlt er bestimmt.« Danach redeten

wir noch eine Weile über die Lippen der Mädchen, die wir einmal küssen würden, irgendwann. Ohne es zu merken, hatten wir anderthalb Stunden dagesessen und geredet. Miteinander und mit Gerson. Sein linker Arm war in diesen anderthalb Stunden ganz warm und rosig geworden.

Ich kriege die Birnbäume nicht aus dem Kopf. Sie blühen weiß, da bin ich ganz sicher. Das will ich sagen, ich will, dass sie mir recht geben. Warum? Warum habe ich diesen Gedanken in meinem Kopf? Woher kommen die Birnbäume?

Schmerzen habe ich nicht. Ich glaube, dass ich Schmerzen gehabt habe. Vor kurzem oder vor langer Zeit, das weiß ich nicht genau. Ich weiß, dass etwas nicht stimmt. Ich weiß, dass ich irgendwo drauf liege, auf einem Bett, glaube ich, etwas Weichem. An manchen Stellen meines Körpers ist etwas anders. Mein Bauch, da ist was nicht in Ordnung, der fühlt sich anders an. An einem Arm, da ist auch was. Sogar wenn ich ihn hochheben könnte, ginge das nicht. Er fühlt sich schwerer an als der andere. Ich habe eine harte Nase, eine Eisennase.

Es ist schwarz. Richtig schwarz, kein Ich-kneife-die-Augen-zu-also-ist-es-dunkel-Schwarz. Warum das so ist, verstehe ich nicht. Ich versuche ab und zu, die Augen weit aufzusperren, aber das ändert nichts. Birnbäume blühen weiß. Ich kriege es nicht aus dem Kopf. Träume ich?

Wenn das wahr ist, träume ich von Menschen, die ich kenne. Von Klaas und Kees, manchmal von Gerard und fast ständig von jemandem, den ich gar nicht kenne. Ich weiß nicht, wie er – es ist ein Mann – aussieht. Er hat eine schöne, tiefe Stimme, die ich manchmal eher spüre als höre. Er redet oft mit mir. Oder besser gesagt: zu mir, denn was ich auch versuche, anscheinend bringe ich keinen Ton hervor. Ich rede, ich weiß, dass ich Dinge sage oder manchmal schreie, aber niemand reagiert darauf. Der Fremde berührt mich auch. Ich spüre, dass mein Kinn ein wenig brennt, und ab und zu fühle ich eine Hand auf meiner Brust.

Ich glaube sogar, mich daran erinnern zu können, dass er mich auf den Mund geküsst hat. Das könnte aber auch Klaas gewesen sein. Oder Kees. Warum küssen sie mich auf den Mund? Da muss wirklich was nicht stimmen. Ab und zu dringt etwas zu mir durch und schiebt die Gedanken an die Birnbäume kurz zur Seite. Ich habe den fremden Mann zum Beispiel deutlich sagen hören: »Das ist egal«, worauf Klaas und Kees – ich erkannte ihre Stimmen – anfingen, ununterbrochen zu reden. Ich glaube, dass ich behalten habe, was sie gesagt haben, aber ich weiß es trotzdem nicht mehr. Es machte mich todmüde, ich wollte mich in ihr Gespräch einmischen, ich wollte sie ausschimpfen und vor allem fragen, ob sie bitte einen Moment die Klappe halten könnten. Das Letzte vor allem, weil ich das normalerweise auch oft sage. Das weiß ich also wohl. Aber was ist »normalerweise«? Und dann sind die Birnbäume plötzlich wieder da, und es muss wieder was Neues passieren, bevor ich mich noch einmal ganz kurz erinnern kann. Ich habe vergessen, warum ich hier im Stockdunkeln auf einer weichen Unterlage liege und mich nicht bewegen kann. Dabei möchte ich das so gerne. Ich kann es auch, ich kann mich bewegen, ich kann reden, ich glaube sogar, dass ich mich an alles Mögliche erinnern könnte, wenn ich bloß nicht so gefangen wäre.

Gefangen, das ist das Wort, das ich gesucht habe. Ich weiß nicht, ob es Tag oder Nacht ist, ich esse und trinke nicht mehr. Aber wenn ich nicht esse und trinke, sterbe ich. Ich bin nicht tot. Bestimmt nicht. Warum sehen sie das nicht? Oder sehen sie es wohl? Ab und zu höre ich Geräusche, die ich nicht kenne, und dann kriege ich Angst. Ich kann den Kopf nicht unter das Kissen stecken, wegrennen ist unmöglich, ich sitze fest. Seltsamerweise ist es meistens der fremde Mann mit der tiefen Stimme, der in solchen Augenblicken zu mir spricht. Es geht nicht darum, was er sagt, das verstehe ich meistens doch nicht, es geht um die Töne. Tiefe Töne, die ich in der Magengegend fühle und die mich beruhigen, weil ich eben etwas fühle.

Ich sehe sehr wenig. Ich sehe gar nichts, alles ist schwarz. In Gedanken, meine ich. Bilder in meinem Kopf. Aber wenn ich etwas sehe, dann sehe ich Teile von einem Haus. Ein riesiges Fenster, einen Schuppen, eine Regentonne. Bäume, eine Hecke, Weiden, Pferde, Grabsteine. Grabsteine? Und es stimmt alles, irgendwie. Zu all diesen Dingen gehört Ich-kneife-die-Augen-zu-also-ist-es-dunkel-Schwarz. Der Schuppen, die Regentonne, die sind in meinem Kopf, ich kann sie sehen, ohne sie wirklich zu sehen.
Wohne ich da? Bilden die Teile zusammen ein Haus, das mein Haus ist? Stehen die Bäume um mein Haus herum? Bewegen sich die Pferde auf einer Weide neben dem Haus? Ist da vielleicht ein Friedhof in der Nähe des Hauses?

Es gibt etwas, was ich vermisse. Etwas sehr Seltsames. Ein großer, nasser Lappen auf meinem Gesicht. Geschnüffel in meinen Ohren. Etwas, das auf meine Brust springt. Ein bestimmter Druck, eine Schwere, kurze Stupse, Tritte vielleicht, auf meinem Schoß.

## Lecken

»Es ist alles meine Schuld. Das Auto kam von rechts, es hatte Vorfahrt. Ich hätte bremsen müssen.«

»Pa, hör auf damit, stell dir vor, dass Gerson dich verstehen kann. Meinst du, das hilft ihm?«

»Gerson liegt im Koma, der hört überhaupt gar nichts.«

»Harald sagt, dass Leute, die im Koma liegen, manchmal was verstehen können.«

»Was für ein Unsinn. Was weiß Harald denn, der ist nur ein einfacher Krankenpfleger. Ihr könnt doch genauso gut sehen wie ich, dass Gerson meilenweit weg ist. Und es war meine Schuld, ich habe nicht aufgepasst, und darum liegt er jetzt hier und wird vielleicht nie mehr wach.«

»Geh lieber raus, das ist nicht gut für Gerson.«

»Fängst du jetzt auch schon an? Habt ihr das abgesprochen? Glaubst du etwa auch, dass Gerson uns hören kann?«

»Ja«, sagte Kees. »Ja, das glaube ich.«

Gerard sah uns an und richtete seine Aufmerksamkeit dann auf Harald, der in diesem Augenblick ins Zimmer trat.

»Wie geht es ihm eigentlich?«, fragte er, als wenn er eben schon ein langes Gespräch mit dem Pfleger geführt hätte.

»Es geht ihm den Umständen entsprechend gut«, antwortete Harald.

»Den Umständen entsprechend gut«, wiederholte Gerard. »Und was soll das bedeuten?«

»Wir haben nicht den Eindruck, dass er tiefer wegsinkt. Er bekommt über die Nasensonde genügend Nährstoffe, seine Vitalfunktionen sind gut, und die Wunden heilen ausgezeichnet. Er wird nur nicht wach. Das ist der einzige Minuspunkt.«
»Minuspunkt«, sagte Gerard. »Minuspunkt. Da liegt mein Sohn, ohne Milz und ohne Augen. Er liegt im Koma. Er ist dreizehn Jahre alt. Behalte die Minuspunkte künftig für dich.«
»Es tut mir leid«, sagte Harald. »Ich wollte Sie nicht verletzen.« Er hatte Gerard gesiezt. Das wunderte uns nicht. Vor ein paar Tagen hatte er »du« zu einem kleinen Jungen gesagt, jetzt musste er ja wohl »Sie« zu einem wütenden Mann sagen.

»Hast du was gegen Harald?«, fragte Klaas, als wir in dem großen dunkelblauen Mietwagen nach Hause fuhren.
»Harald, Harald«, sagte Gerard. »Was habe ich mit diesem Harald am Hut?«
»Er ist derjenige, der sich um Gerson kümmert«, sagte Kees.
»Er ist unverschämt«, sagte Gerard. »Unverschämt und … und noch was, ich komme gerade nicht auf das Wort. Anmaßend oder so was. Er tut verdammt noch mal, als ob Gerson sein Eigentum wäre, als ob er über Gerson bestimmen könnte.«
»Aber so ist es doch auch ein wenig«, sagte Klaas vorsichtig. »Harald weiß, was er tut.«
»Niemand kann über Gerson bestimmen. Niemand. Und ich bin sein Vater. Ich will als sein Vater behandelt werden, wenn ich ihn besuche. Ich will nicht, dass je-

mand mich schief ansieht, weil ich nicht den ganzen Tag bei ihm sein kann. Ich kann nicht ständig von der Arbeit wegbleiben.« Gerard umklammerte das Lenkrad so heftig, dass seine Knöchel weiß hervortraten. »Müsst ihr übrigens nicht mal wieder zur Schule?«
»Wir haben Wochenende«, sagte Klaas.
»Nicht so vorlaut, ja«, sagte Gerard.
»Mein Arm ist gebrochen«, sagte Kees.
»Deinen Beinen fehlt nichts, und deine Ohren sind ebenfalls in Ordnung. Lesen kannst du auch.«
»Ich bin Rechtshänder, ich kann nicht schreiben.«
»Mein Nacken tut ziemlich weh«, sagte Klaas. »Ich bin noch immer krank.«
»Ja, ja.« Die restliche Fahrt über sagte Gerard nichts mehr. Wir kamen zu Hause an, und er parkte den Wagen vor dem Schuppen. Er drehte den Zündschlüssel um und blieb noch eine Weile sitzen, beide Hände am Steuer, aber nicht mehr mit weißen Knöcheln. Dann sagte er zum dritten Mal, es sei seine Schuld.
Es war sechs Tage nach dem Ende des kleinen Autos, und es wurde höchste Zeit, dass Gerson aus dem Koma erwachte.

»Hat euer Vater was gegen mich?«, fragte Harald uns am nächsten Morgen. Am Morgen des siebten Tages nach dem Unfall. Einem Sonntag. Das vertraute Silberkreuzchen hing wieder in seinem Ohrläppchen.
»Nö, hat er nicht«, sagte Kees.
»Hat er wohl«, sagte Klaas. »Er findet dich unverschämt und anmaßend, was immer das auch heißen soll, und er denkt, dass du über Gerson bestimmen willst.«

Harald wurde rot. Vom Nacken aus. »Ach«, sagte er. »Das ist nicht so gemeint. Ich meine, das meine ich nicht so.«
»Macht ja nichts«, sagte Kees schnell. »Außerdem geht es doch um Gerson.«
»Hast du was gegen Gerard?«, fragte Klaas.
»Nein«, sagte Harald.
»Gut, dann wäre das zumindest geklärt«, sagte Kees. »Was für ein Unsinn.« Er setzte sich auf einen Stuhl neben Gersons Bett. Das Begrüßungsritual hatte angefangen. Vorsichtig kniff er in Gersons Hand. Eines Tages sollte Gerson zurückkneifen, aber das ließ wohl noch auf sich warten. Er küsste Gerson auf den Mund. Das machten wir immer, wenn wir kamen und weggingen. Zwei Tage zuvor hatten wir damit angefangen, seine Beine zu massieren, um die Durchblutung zu fördern. Seit dem Tag, an dem Kees die Salbe auf Gersons Kinn verschmiert hatte, hatten wir nichts mehr an seinen Pickeln getan. Gersons Pickel waren Haralds Gebiet. Manchmal waren wir alle drei gleichzeitig mit Gerson beschäftigt. An seinem Bein, seinem Arm und seinem Kinn. Währenddessen hörten wir nicht auf zu reden, wir plapperten ohne Unterbrechung. Dennoch blieb Gerson der abwesende Hauptdarsteller in einem Theaterstück.
»Gerard ist wütend«, sagte Klaas, während er Gersons linkes Bein rieb. »Er ist wütend auf sich selbst, und ich glaube, dass er jemanden braucht, an dem er seine Wut auslassen kann.«
»Und das bin ich«, sagte Harald, der die Tube Salbe gerade wieder zuschraubte. »Ich kenne das schon. Wenn jemand tanzend aus dem Krankenhaus entlassen wird,

sind alle happy. Manchmal bekomme ich sogar Blumen. Wenn es schiefgeht oder nicht so gut, muss ich eben auch herhalten. So ist das nun einmal.«
Er stand auf und stellte sich vors Fenster. Genau wie vor ein paar Tagen starrte er nach draußen, auf den Wald hinter dem Krankenhaus. Er würde uns wieder was sagen, mit abgewandtem Gesicht. »Der Hund . . .«, begann er.
»Daan«, sagte Klaas.
»Ja, Daan. Das ist doch Gersons Hund?«
»Daan gehört uns allen«, sagte Kees, »aber er mag Gerson am liebsten.«
»Vielleicht wäre es gut, Daan heute Nachmittag mitzubringen. Das ist eigentlich verboten, Hunde im Krankenhaus, aber das hier ist eine Ausnahme, und Gerson liegt ja auch alleine im Zimmer . . .«
»Meinst du, dass Daan Gerson helfen kann?«, fragte Kees.
»Es wäre gut möglich«, sagte Harald. »Es wäre sehr gut möglich.«

Daan war scheu und verlegen. Es kostete uns ziemliche Mühe, ihn überhaupt in Gersons Zimmer zu befördern. Im Flur schon stemmte er sich mit den Pfoten gegen den Boden, aber weil er auf dem glatten Linoleum keinen Halt fand, hatte das wenig Sinn. Darum krallte er – in diesem Moment erinnerte er mehr an eine Katze als an einen Hund – die Vorderpfoten von außen in den Türpfosten.
»Jetzt komm schon, Daan«, sagte Gerard und zog an der Leine, »wovor hast du denn Angst? Gerson ist hier.«

Als Daan endlich im Zimmer war, tapste er eine Weile herum. Er beschnüffelte alles, die Beine von Gersons Bett, den Abfalleimer, das Abflussrohr vom Waschbecken. Er sprang auf die breite Fensterbank und schaute hechelnd nach draußen. Gerard wollte ihn hochheben.

»Lass ihn nur selbst machen, Gerard«, sagte Klaas. »Er geht bestimmt gleich zu Gerson.«

Klaas hatte recht. Nach einer Weile sprang Daan von der Fensterbank und setzte sich vor Gersons Bett. Er schaute nach oben, zum Fußende. Er fing leise an zu fiepen, aber er rührte sich nicht vom Fleck.

Gerard weinte. Er stand zwischen uns, und wir sahen jeder an einer Seite eine Träne über seine Wange rollen. Er machte keine Geräusche dabei, er zwinkerte nicht mit den Augen. Er sah zu Daan. Wir sahen auch zu Daan. Wir standen dort aufgestellt in einer Reihe und starrten auf Daan. Wir *schauten* ihn aufs Bett rauf. »Jetzt mach schon!«, sagten drei Augenpaare. »Spring aufs Bett!«

Daan sprang. Er landete auf Gersons Füßen. Da blieb er stocksteif stehen. Er machte eine Drehung, als wenn er sofort wieder vom Bett herunterspringen wollte. Vielleicht war er – genau wie wir vor ein paar Tagen – völlig verwirrt. Vielleicht wollte er Gerson ansehen und hatte entdeckt, dass es keine Augen gab, in die er schauen konnte. Er überlegte es sich aber anders. Er drehte sich wieder um und lief über Gersons Beine zu seinem Bauch. Dort blieb er noch einmal kurz stehen. Er stupste mit der rechten Vorderpfote ein paarmal gegen Gersons Brust, wahrscheinlich verstand er nicht, warum Gerson nicht reagierte. Dann trat er noch einen Schritt

vor und beschnüffelte Gersons Kopf. Er fing wieder an zu fiepen. Er drehte sich in unsere Richtung und schaute uns an, als wenn er fragen wollte, was er jetzt machen sollte. Wir sagten nichts. Was hätten wir sagen sollen? Daan fing an, Gerson übers Gesicht zu lecken. Er hörte nicht damit auf.
»Daan, komm her«, sagte Gerard. Daan hört nie auf Gerard, er ignoriert ihn, aber dieses Mal gehorchte er. Na ja, gehorchen, er sprang jedenfalls vom Bett herunter und wieder auf die Fensterbank. »Auch gut«, sagte Gerard.
Wir stellten uns um das Bett. Bewegte sich da was? Finger, Füße, Zehen? Verzog er die Lippen? Rümpfte er die Nase? Wir starrten Gerson lange Zeit an und hofften, dass etwas passieren würde. Es passierte nichts. Kein Seufzer, keine Bewegung, gar nichts.
»Kommt«, sagte Gerard. »Wir gehen nach Hause.«
»Wir sind gerade erst gekommen«, sagte Kees.
»Ihr könnt nicht ständig hier sein«, sagte Gerard. »Ihr müsst auch mal in Ruhe zu Hause sitzen, das alles kostet Kraft.«

Daan war als Erster im Flur, wo er sofort aus der Kurve flog und erst an der Wand zum Stehen kam. Wir gingen langsam hinter ihm und Gerard her. Sehr langsam. Wir wollten noch ein wenig Zeit schinden, wir hofften noch auf etwas. Aber da war schon die Tür, und jetzt mussten auch wir um die Ecke biegen, auf den langen Flur hinaus. Und in diesem Moment kam es, es wurde uns hinterhergeschmettert, es flutete auf uns zu, wie Wasser nach einem Deichbruch, aus dem Zimmer, um die Ecke und auf den Flur hinaus, wo es zwischen den beiden Wänden zurückgeworfen wurde.

BIRNBÄUME BLÜHEN WEISS! Ich bin ihn los, diesen Satz. Es ist eine Riesenerleichterung. Ich habe wieder Platz in meinem Kopf.

Etwas Seltsames ist passiert. Es fing an meinen Füßen an und zog langsam, aber sicher, nach oben. Ich bekam wieder Gefühl in den Beinen, ich fühlte etwas sehr Unangenehmes in meinem Pimmel, es brannte, mein Bauch wurde wieder Teil meines Körpers, es klopfte in oder auf meiner Brust (ich spürte Schmerzen; normalerweise ist das nicht angenehm, jetzt freute ich mich darüber), meine Ohren bekamen Luft, und endlich fühlte ich den nassen Lappen auf meinem Gesicht, den ich so vermisst hatte. Nur meine Arme waren noch nicht da. Ich war ein armloser Rumpf mit Kopf und Beinen. Ich wusste, dass ich mich bewegen und etwas sagen konnte, aber ich wusste auch, dass mir das erst gelingen würde, wenn meine Arme wieder da waren. Also konzentrierte ich mich darauf. Langsam fing mein linker Arm an zu kribbeln. Mein rechter Arm war immer noch schwer. Nägel, Fingerglieder, Hände, Handgelenke, Unterarme, Ellbogen, Armmuskeln und dann noch die Schultern. Ich strengte mich so an, dass der Satz mit voller Kraft durch meinen Kopf geschleudert wurde. Als ich fühlte, dass auch meine Schultern wieder da waren, machte ich den Mund auf, und die drei Wörter wurden sozusagen hinausgeschleudert. Danach bin ich, glaube ich, wieder weggetreten.

Jetzt weiß ich es. Ein Krankenhaus. Ein Bett. Der schwere Arm ist ein Gipsarm. Meine Nase ist nicht aus Eisen, ein Schlauch steckt darin, und durch den Schlauch gelangt Nahrung in meinen Magen. Ich habe noch viel mehr Schläuche im Körper, überall verteilt. Ich habe keine Milz mehr, aber das sagt mir wenig. Ich versuche, mich aufzurichten, mich im Bett allein hochzustemmen, aber davon bekomme ich höllische Schmerzen in der Brust. Jemand muss mir das erzählt haben. Wann bloß?

Noch immer weiß ich nicht, ob es Tag oder Nacht ist. Wenn ich die Augen weit aufreiße, wird es nicht hell. Ich glaube, dass es dazugehört, dass mein Körper Stück für Stück langsam wieder seine Funktionen zurückbekommt. Ich kann hören, riechen und fühlen. Ich weiß, dass ich vor kurzem geschrien habe, meine Stimmbänder fühlen sich rau an. Danach habe ich nichts mehr gesagt, weil meine Kehle sich nicht nur rau anfühlt, sondern vor allem unbenutzt.

Ich glaube, dass es Nacht ist. Irgendetwas rauscht, irgendwo in der Nähe, und auch weiter weg, wie eine Straße, auf der nicht viel Verkehr ist. Jetzt höre ich Schritte, sie werden lauter, halten einen Moment inne und werden noch lauter. Es ist still, ich höre jemanden atmen. Ein Schauer läuft mir über den Rücken. Ich werde versuchen, etwas zu sagen. »Wer ist da?«, frage ich. Was soll ich sonst sagen? Ich flüstere, meine Stimme hat keine Kraft. Jemand fasst meine Hand. »Harald«, sagt eine Männerstimme. Harald? Ich kenne keinen Harald, aber die Stimme kommt mir bekannt vor.
»Ist es Nacht?«, frage ich.
»Es ist Nacht«, sagt die Stimme, die Harald heißt.

Jemand hat mich berührt, und ich kann es fühlen, ich spüre die Hände von anderen auf meinem Körper. Kann ich mich selbst auch fühlen? Kann ich meinen Arm, den gesunden Arm, nicht den anderen, hochheben und mich selbst mit meiner Hand befühlen? Der Arm hebt sich, weil ich das will. Ich kann denken und steuern. Erst mein Bauch. Ich erwarte eine Kuhle, aber ich fühle einen ganz dünnen Schnitt, der viel höher liegt, als ich dachte. Ich lasse meine Hand weitergleiten und lande an meinem Gipsarm. Ich höre Vögel, es wird Tag sein. Es ist seltsam, meinen Arm zu berühren und nichts zu spüren.
Jetzt will ich mir die Augen reiben, aber ich bin müde und kriege meinen Arm nicht weiter als bis zum Kinn. Meine Fingerspitzen bleiben dort stecken. Ich fühle nichts, mein Kinn ist glatt. Ich hatte doch ...

Ich kann nicht an meine Augen herankommen. Sie sind bedeckt.
»Das ist ein Verband.« Klaas.
»Habe ich mir den Kopf verletzt?«, frage ich.
»Ja.« Kees. Er gibt schon Antwort, bevor ich ausgesprochen habe.
»Warum?«
»Wir haben einen Unfall gehabt.« Gerard. »Mit dem Auto.«
»Wann?«
»Vor anderthalb Wochen. Weißt du das nicht mehr?«
»Nein«, sage ich. Ich weiß es nicht mehr. »Was für einen Tag haben wir heute?«
»Donnerstag«, sagt Kees. »Morgen ist Freitag.«
»Ja, und übermorgen ist Samstag. Ich bin nicht doof.«

Daan. Ich habe einen Hund, der Daan heißt. Es war Daan, der von meinen Füßen zu meiner Brust lief und mir übers Gesicht leckte. Wo ist er?

»Wann kann das hier ab?«, frage ich.
»Bald«, sagt Harald.
»Ich will mir so gerne die Augen reiben.«
»Bald«, sagt Harald wieder.
»Was für ein Tag ist heute?«
»Samstag.«

»Ach, Gerson, mein Junge, mein Liebling.«
»Oma?«
»Ja, ich bin hier, Liebling. Warte, ich nehme deine Hand.« Anna fasst meine Hand. Ich fühle, dass es ihre Hand ist, sie ist rau und trocken.
»Ist Opa auch da?«
»Ich bin auch da.« Jan streichelt mir mit den Fingerknöcheln über die Wange. Das ist neu, alle wollen mich plötzlich anfassen.
»Sie sagen, dass ich eine Woche im Koma gelegen habe.«
»Das ist auch so, Gerson, Liebling. Aber jetzt bist du wieder da.«
»Geht es mir eigentlich gut?«
Stille. Ich höre wieder Vögel, das Zwitschern klingt, als wenn es aus der Tiefe käme. Es ist Tag. Stell dir vor, Jan und Anna würden hier mitten in der Nacht sitzen. Dann bräuchte ich nicht zu fragen, ob es mir gutgeht.
»Wie hoch ist es hier eigentlich?«, frage ich.
»Hoch«, sagt Jan. »Ich glaube, das ist der achte Stock. Die Aussicht ist ...«

»Ja?«
Jan räuspert sich. »Die Aussicht ist sehr schön.«
Anna seufzt und schluchzt.
»Was ist denn?«, frage ich.
»Ach, Gerson, mein Junge, mein kleiner Liebling.«

»Was für ein Tag ist heute?«
»Dienstag«, sagt Harald.
»Warum sagt mir niemand, dass ich blind bin?«
»Weil sie nicht wissen, wie sie das machen sollen.«
Er redet jedenfalls nicht um den heißen Brei herum.
»Und du?«
»Ich arbeite hier nur.«
»Du hast dafür gesorgt, dass meine Pickel weg sind. Und du hast zu Klaas und Kees gesagt, dass sie mit mir reden und mich küssen sollen.«
»Ja. Das Küssen haben sie sich übrigens selbst ausgedacht. Hast du das gehört?«
»Ich glaube schon.«
Eine Weile ist es still.
»Es ist Abend«, sage ich. »Ich höre nichts. Keine Vögel, kaum Autos, keine Geräusche im Gang.«
»Das stimmt.«
»Arbeitest du Tag und Nacht oder wie?«
»Ich habe Tag- und Nachtdienste.«
»Mir kommt es so vor, als ob du immer hier bist.«

Ich richte mich auf. Meine Brust tut schon weniger weh. Mein Kopf fühlt sich wie ein Apfel an, der gerade geschält wird, aber ohne Messer. Ich weiß, dass Gerard, Klaas und Kees neben mir sitzen und mich ansehen. Ich habe Lust auf Wind, ich will starken, kalten Wind, der mir ins Gesicht und durch die Haare bläst. Einen Moment lang glaube ich, hoffe ich, dass es hell wird, wenn der Arzt den Verband abgenommen hat. Es bleibt dunkel, und ich höre, wie Kees den Atem anhält, so was wäre mir vor anderthalb Wochen nicht aufgefallen.

»Das sieht nicht sehr angenehm aus«, sagt der Arzt. »Wir werden später entscheiden müssen, was wir damit machen. Er bekommt zunächst mal einen kleinen Verband über beide Augen.«

»Sie können mich ruhig duzen«, sage ich. Arrogante Labertasche, mit seinem »wir« und »er«. Ich tue, als wäre alles in bester Ordnung. »Kann mir jemand vielleicht die Haare waschen?«, frage ich so munter wie möglich.

Harald bürstet mein Haar. Warum habe ich früher nie jemanden mein Haar bürsten lassen? Na ja, wer hätte das auch machen sollen? Das ist was für Mütter. Oder einen Krankenpfleger. Gehört das eigentlich zur Arbeit eines Pflegers?

»Und jetzt?«, frage ich.

»Tja«, sagt Harald.

»Ich meine eigentlich, was später?«

»Es gibt sehr viele Dinge, die du auch machen kannst, wenn du blind bist.«

»Zum Beispiel?«

Harald sagt nichts. Er nimmt meine Hand. Es fühlt sich schön an, wenn er mein Haar bürstet, meine Hand hält, mir über die Brust streicht.

»Siehst du«, sage ich.

»Du hast noch Zeit genug, Gerson«, sagt er. »Du entdeckst bestimmt etwas.«

»Kann Daan noch mal kommen?«

»Das werde ich regeln«, sagt Harald.
»Was für einen Tag haben wir heute?« Ich weiß es, aber es ist eine Art Spiel geworden.
Harald versteht das. »Morgen ist Freitag«, sagt er. »Und übermorgen ist Samstag.«

Daan ist da. Ich spüre, dass er ein wenig Angst vor mir hat. Er hat Angst oder findet es unheimlich. »Ich bin's«, flüstere ich ihm ins Ohr. Er leckt mir gleich übers Gesicht.
»Er freut sich«, sagt Klaas.
»Aber er ist auch ein wenig durcheinander«, sagt Kees.
»Er sitzt jeden Abend jaulend vor der Hintertür«, sagt Gerard. »Niemand kann ihn beruhigen.«
»Glaubt ihr, dass Daan in seinem Alter noch was lernen kann?«, frage ich.
»Was soll er denn lernen?«, fragt Kees.
»Er muss lernen, Pfosten und Bäumen und Menschen auszuweichen. Er muss lernen, am Rand des Bürgersteigs stillzustehen und sich hinzusetzen. Solche Sachen.«
»Gerson«, sagt Gerard.
»Ja?«
»Lass uns damit noch eine Weile warten.«
Daan ist mit dem Lecken fertig und legt sich auf meinen Bauch. Das fühlt sich gut an, so ein schwerer, warmer kleiner Hund auf meinem Bauch.
Kann ich eigentlich noch weinen? Sind meine Tränengänge oder Tränendrüsen oder wie das heißt noch intakt? Ich weiß es nicht, ich kann nicht in den Spiegel schauen. Ich kann nie mehr in den Spiegel schauen. Ja, natürlich kann ich das machen, aber ich werde nichts sehen.

»Morgen darfst du nach Hause«, sagt Harald.

»Nach Hause«, sage ich. »Buche«, sage ich danach. »Zeder im Garten.« Mir läuft ein Schauer über den Rücken, als ich an zu Hause denke. »Braune Regentonne.«

»Was erzählst du da?«, fragt Harald. Er streicht mir durchs Haar.

»Das ist zu Hause«, sage ich. »All die Dinge, das ist zu Hause.«

Harald geht aus dem Zimmer. Einen Moment später ist er wieder da.

»Ich weiß nicht mal, wie du aussiehst«, sage ich.

»Unheimlich gut«, sagt er. Witzbold. »Willst du es fühlen? Das musst du doch lernen, Menschen zu fühlen statt zu sehen.«

Ich höre, dass er sich auf den Stuhl neben meinem Bett setzt. Ich spüre seinen Atem auf meinem Gesicht. Er raucht nicht. Er fasst meine linke Hand und legt sie auf seinen Hals. Ich fühle die stoppelige Haut über seinem Kehlkopf. Meine Hand wandert nach oben und folgt dann der Linie seines Kiefers. Auf halbem Wege halten meine Finger in einem kurzen, störrischen Bart inne. In seinem Ohr hängt was, etwas Kleines. Ich muss mich sehr anstrengen, um zu fühlen, was es ist, meine Fingerspitzen sind nicht sensibel genug. »Ein Kreuz«, sage ich. Er nickt. Er hat eine gerade Nase, glaube ich, und ganz glatte Augenlider mit langen Wimpern. Über seine Stirn ziehen sich zwei Falten. Zum Schluss streiche ich über sein Haar, das ganz kurz geschnitten ist.

»Jetzt weißt du, wie ich aussehe«, sagt er.

»Na ja«, sage ich. »Ich habe eine vage Vermutung.« Morgen gehe ich nach Hause. »Vielen, vielen Dank für alles.«

»Ich hab es gerne gemacht«, sagt Harald.

»Kannst du mir noch einmal einen Kuss geben?«, frage ich.
»Ich habe dir noch nie einen Kuss gegeben«, sagt er.
»Kannst du mir dann zum ersten Mal einen Kuss geben?«
»Ja.« Er küsst mich. Jetzt weiß ich auch, wie sich seine Lippen anfühlen. Die hatte ich gerade ausgelassen.

## Schmollen

Wir entdeckten, dass es verdammt schwierig ist, etwas zu sagen, ohne auf *Sehen* anzuspielen. Außerdem ist es so, dass – wenn etwas verboten ist, wenn man aufpassen muss, etwas nicht zu sagen – es einem umso leichter rausrutscht. Wir fanden, dass wir kein wachsames Auge mehr auf etwas haben konnten. Wir durften ganz bestimmt keine blinden Flecken entdecken. Niemand war uns ein Dorn im Auge. Wenn wir etwas verstanden hatten, waren die Wörter einsehen und durchschauen tabu. Wir kriegten sogar einen Kloß im Hals und Magendrücken, wenn der Nachrichtensprecher über Betrachter, Beobachter oder Augenzeugen sprach. Wir entdeckten, dass wir viel öfter, als wir dachten, Dinge sagten wie: »Mal sehen, wie es läuft«, oder (am Telefon): »Ich schau mal eben, ob Gerard zu Hause ist«. Es machte uns verrückt. Gucken, starren, spähen. Beäugen, anschauen, betrachten, beobachten. Beaufsichtigen, abgucken, angaffen, besichtigen. Wir verloren niemanden aus dem Auge, drückten nie ein Auge zu, und ein Augenblick wurde ein Moment. Oma Anna hatte die seltsame Gewohnheit, Gerson ihren »Augenstern« zu nennen. Sogar jetzt, wo er dreizehn war und einen Kopf größer als sie. Er war und blieb ihr jüngster Enkel. Wir konnten sie davon überzeugen, dass das jetzt wirklich nicht mehr ging und sie sich eventuell ein anderes Wort ausdenken musste.

»Glaubt ihr eigentlich, dass ich blöd bin«, fragte Gerson. »Könntet ihr bitte normal reden?«

Sogar jetzt, wo er nichts sah, durchschaute er uns. Er hatte immer schon gespürt, wenn wir ihm einen Gefallen tun wollten, und das konnte er nach wie vor. Was seine Laune nicht gerade verbesserte.

Es war Mitte Juni. Aus dem grünbraunen Flaum auf den Zweigen der Buche waren rotbraune Blätter geworden. Die Lämmchen hatten sich an die frische Luft und das Gras gewöhnt, sprangen nicht mehr so tollpatschig herum und waren innerhalb eines Monats fast schon richtige Schafe geworden. Die kahlen Bäume auf dem Friedhof schräg gegenüber hatten sich in einen Wald verwandelt. Kurz gesagt, der Frühling war in den Sommer übergegangen.

»Was habe ich vom Sommer«, sagte Gerson. Er saß auf einem Stuhl im Garten. »Ich sehe nichts.«

Wir saßen auch im Garten und kniffen die Augen fest zu. Das Sonnenlicht legte sich rot auf unsere Augenlider.

»Ist es wirklich ganz schwarz?«, fragte Kees. »Oder doch noch ein bisschen rot oder orange?«

Gerson antwortete nicht. Auf seinen Augen klebte je ein rundes Pflaster. Er saß ein wenig steif im Gartenstuhl, als wenn er Angst hätte, dass die Pflaster von seinen Augen fallen würden. Wenn er sich die Mühe machte, den Kopf in die Richtung von jemandem zu drehen, der etwas gesagt hatte, täuschte er sich oft. Er erinnerte uns dann an blinde Leute, die man ab und zu auf der Straße sieht. Die starren immer ins Leere, na ja, was heißt starren, jedenfalls halten sie den Kopf ein wenig schräg, fangen aufmerksam alle Worte auf oder sind bange, das kleinste Geräusch zu verpassen.

Anders gesagt, er schaute uns nicht mehr direkt ins Gesicht. Sogar jetzt können wir Wörter wie starren und schauen nicht vermeiden. Wir leben in einer Welt, die zum Sehen gemacht ist, und das merkten wir erst, als Gerson blind wurde.
Wir versuchten, genau wie er blind tastend unser Glas Cola vom Gartentisch zu nehmen. Mit links, denn rechts war noch immer eingegipst. Nur bei Gerson, weil Kees' »schöner Bruch« gut verheilt war und er statt Gips jetzt bloß noch eine Art Stützverband um seinen rechten Unterarm trug. Gerard hatte schon seit Wochen keine Fäden mehr im Gesicht, und man musste zweimal hinschauen, um die Narben zu erkennen.
»Warum werft ihr ständig eure Gläser um?«, fragte Anna.
»Wir fühlen uns ein«, sagte Klaas.
»Geht das nicht mit was anderem?«
»Oder irgendwo anders«, sagte Gerson.

Seit er zu Hause war, hatte er sich verändert. Im Krankenhaus hatte er Witze gemacht. Als der Verband von seinem Kopf geschält wurde, saßen wir an seinem Bett. Es war scheußlich. Seine wunderbaren grünen Augen hatten sich in … Ja, in was hatten sie sich eigentlich verwandelt? In nichts. »Das sieht nicht sehr angenehm aus«, hatte der Arzt gesagt. Er hätte eigentlich sagen müssen: »Seine Augen sind völlig zerstört, man kann nichts mehr daran ändern.«
Kees war den ganzen Tag lang übel. Und was sagte Gerson selbst? Erst kam er dem Arzt frech, und danach fragte er ganz locker, ob ihm jemand mal eben die Haare waschen könnte. Sein Wunsch wurde auch noch

prompt erfüllt. Eine Krankenschwester, nicht Harald, der war an dem Tag nicht da, schob ihn im Rollstuhl zu dem niedrigen Waschbecken in der Ecke seines Zimmers und wusch ihm die Haare. Mit Shampoo, das nach Äpfeln roch. »Das tut gut«, sagte Gerson, als sie ihm den Kopf mit einem groben Handtuch trocken rubbelte. Wir standen daneben und konnten alle drei kein Wort rausbringen.

Er redete im Krankenhaus sogar mehr als früher zu Hause. Gerson war nicht so gesprächig. Weil wir das ja schon waren, wie er ab und zu sagte. Das war natürlich Unsinn, er war eben von Natur aus ein stiller, ein wenig grüblerischer Junge. Daran konnte er uns nicht die Schuld geben.

»Da kommen die Pferde«, sagte Anna. Sie hatte sich auch auf einen Gartenstuhl gesetzt, im Schatten der Zeder. Wir schauten zu den Pferden. Eines rannte vor, die anderen beiden rannten hinter ihm her. Sie zogen scharfe Kurven, und ihre Schweife wehten wild hin und her. Als sie am Graben ankamen, der unseren Garten von der Weide trennt, hielten sie alle gleichzeitig an und blieben stehen, um uns anzusehen. Sie schnaubten und rieben die Köpfe gegeneinander. Es war ein klarer Tag, in der Ferne hinter den Weiden konnten wir die Stadt liegen sehen. Eine Lerche schwang sich höher und höher, bis wir ihren Gesang schließlich nicht mehr hören konnten. An so einem Tag kann es – gerade durch das Geräusch der stampfenden Pferdehufe und einer zwitschernden Lerche in der Ferne – enorm still sein. So still, dass auch die Zeit stillzustehen scheint, wenn man mit geschlossenen Augen in einem Gartenstuhl sitzt und die glühende Sonne auf dem Gesicht spürt. In einem solchen Moment hat man nicht das Bedürfnis zu reden. Man hört das Summen einer Biene, die sich auf dem Rand eines Colaglases niederlässt, das leise Rascheln der Blätter. Daan, der zum Graben gelaufen war, als die Pferde angerannt kamen, sich aber nicht traute zu bellen, hatte sich wieder flach auf seine rechte Seite neben Gersons Stuhl gelegt. Er träumte unruhig und fiepte mehrmals leise. Ab und zu wehte der Teergeruch von mit Karbolineum abgedichteten Bohlen zu uns herüber. Man sieht das alles nicht, weil man die Augen geschlossen hat und Geruch nicht sehen kann, aber man weiß, dass es da ist.

Wir konnten uns vorstellen, dass Gerson sich trotz allem in diesem Moment auf jeden Fall ein *bisschen* gut gefühlt hat. Vertraute Geräusche, vertraute Gerüche. Vertraute Menschen um ihn herum. Jan und Gerard arbeiteten im Garten vor dem Haus. Der dunkelblaue Wagen stand ungewaschen vor der Auffahrt zum Schuppen. Er war kein Mietwagen mehr, er war jetzt unser Wagen. Das schnodderfarbene Auto hatte Totalschaden, es hatte keinen Sinn mehr, es zu reparieren, meinten die Leute von der Werkstatt. Gerard konnte den dunkelblauen Wagen kaufen, und das hatte er schließlich getan. Aber er hatte ihn noch kein einziges Mal gewaschen.

»Da gehen sie wieder«, sagte Anna. Die Pferde drehten sich um, als hätten sie alle drei gleichzeitig einen Befehl ins Ohr geflüstert bekommen, und jagten auf die andere Seite der Weide.

»Ich will rein«, sagte Gerson.
»Rein?«, sagte Anna. »Warum? Wir sitzen hier gerade so schön.«
»Ich will rein.«
Wir standen auf, um ihm zu helfen. Er hörte es. »Nein«, sagte er, »ich schaffe es schon alleine.« Er stand ein wenig wacklig auf, die linke Hand auf die Plastiklehne des Gartenstuhls gestützt. Anna stand auch auf, aber sie blieb neben ihrem Stuhl stehen, die Arme ein wenig angehoben, bereit einzugreifen. Sie sah uns an, und wir zogen die Schultern hoch. Als Gerson in der Mitte des Rasens war, kam ein Nachbar um die Ecke von unserem Haus. Das Dorf, in dem wir wohnen, ist so klein, dass alle Leute Nachbarn sind. In den letzten Tagen waren schon viele Nachbarn vorbeigekommen.
»Hallo«, rief der Nachbar laut, als glaubte er, Gerson sei taub. »Ich dachte, ich komm mal eben vorbei und schaue, wie's dir geht ...«
»Nummer siebzehn«, hörten wir Gerson murmeln. Anscheinend hatte er die Besuche gezählt. Er ging noch ein Stückchen weiter und stieß dann auf den Nachbarn. Der wollte ihm die Hand geben, aber der Gipsarm brachte ihn ein wenig durcheinander, und darum fasste er Gerson bei seiner linken Hand. Der Nachbar trug einen Overall und Holzschuhe. Eine Schirmmütze hing schräg auf seinem Kopf. Die Knie seines Overalls waren erdig. Er hatte – genau wie Jan und Gerard, genau wie das ganze Dorf – im Garten gearbeitet.
»Es geht so«, hörten wir Gerson sagen.
»Das ist schön«, sagte der Nachbar. Er hielt noch immer Gersons Hand fest.

»Ja, schön«, sagte Gerson.
Es war kurze Zeit still. Der Nachbar ließ Gersons Hand endlich los. Wir waren auch aufgestanden. Da war etwas in Gersons Stimme, das bewirkte, dass wir nicht einfach sitzen bleiben konnten.
»Es geht dir also gut«, sagte der Nachbar, der – das war überdeutlich – nicht wusste, wie er sich verhalten sollte. »Dein Vater sagte mir, dass du hier hinten im Garten sitzt. Er sitzt schön in der Sonne, sagte er.«
»Hat mein Vater das gesagt? Dass ich schön in der Sonne sitze?«
»Ja.«
»Hat mein Vater mich hier schön in der Sonne sitzen sehen?«
Der Nachbar sagte nichts. Er schaute ein wenig unbehaglich vor sich auf den Boden. Er nahm seine Mütze vom Kopf und drehte sie in seinen Händen.
»Haben Sie eine Milz?«, fragte Gerson.
»Äh, ja«, sagte der Nachbar. »Ich glaube schon.«
»Ich nicht«, sagte Gerson.
»Ach«, sagte der Nachbar. Er dachte einen Moment nach. »Ist das schlimm?«, fragte er dann.
Wir standen im Schatten der Zeder und schauten und hörten zu. »Sehen Sie die Pflaster auf meinen Augen?«, fragte Gerson.
Der Nachbar konnte nur ja sagen.
»Glauben Sie, dass ich es schön finde, hier in der Sonne zu sitzen?«
»Gerson!«, rief Anna.
»Würden Sie es schön finden, im Garten zu arbeiten, ohne was zu sehen? Blind die Schaufel in die Erde stoßen, ohne was zu sehen, ohne was zu sehen Pflanzen setzen?«

»Ich …«, fing der Nachbar an.
»Nein«, sagte Gerson. »Ich gehe rein, ich habe Kopfweh.« Er setzte vorsichtig einen Fuß vor und lief gegen die Mauer. Anna trat einen Schritt nach vorn. Gerson legte die linke Hand gegen die Mauer und tastete sich langsam Richtung Haus. »Wissen Sie, woher das kommt?«, fragte er, ohne den Kopf zu drehen. »Ich habe eine Woche im Koma gelegen. Wissen Sie, was das ist?« Der Nachbar sah ihm sprachlos nach. »Vielleicht habe ich den Rest meines Lebens Kopfschmerzen«, rief Gerson, kurz bevor er um die Ecke bog. Der Nachbar blieb noch einen Moment stehen, wo er stand. Seine Mütze drehte sich immer schneller zwischen seinen Fingern. Er räusperte sich, sah uns ein wenig verlegen an und sagte: »Tja, dann gehe ich wohl mal wieder.« Auch er verschwand um die Ecke des Hauses, nur viel schneller als Gerson.

Jetzt, da niemand mehr da war und nichts mehr passierte, setzten wir uns wieder hin.
»Das geht gar nicht gut«, sagte Anna.
»Nein«, sagten wir.
»Und das Schlimmste ist, dass ich jetzt gerade nicht weiß, mit wem ich mehr Mitleid habe. Mit Gerson oder dem Mann.« Sie sah uns ein wenig schuldbewusst an. »Ist das seltsam?«
»Nein, überhaupt nicht«, sagten wir.

## Gewöhnen

»Jetzt aber keine Nachbarn mehr«, sagte Gerson. »Und auch keine Mitschüler oder wer auch immer. Ich will in Ruhe gelassen werden. Glaubt ihr vielleicht, ich finde das angenehm?«

»Du findest es doch angenehm, dass wir hier sind, oder etwa nicht?«

»Mjo«, sagte Gerson.

»Ist das Ja oder Nein?«, fragte Jan.

»Es ist Mjo«, sagte Gerson.

»Sonst sind wir hier weg wie nix. Ich habe zu Hause noch genug zu tun.« Opa ging es gerne hart an.

»Nein«, sagte Gerson.

»Gerson muss sich noch ein wenig an alles gewöhnen«, sagte Gerard.

»Ja«, sagte Kees. »Gewöhnen.«

Beim Essen hatte Gerson nichts gesagt. Durch die Pflaster auf seinen Augen konnten wir nicht gut sehen, ob er grübelte. Vielleicht musste er sich ganz aufs Essen konzentrieren. Wir hatten ein paarmal versucht, mit geschlossenen Augen zu essen, und das war ganz schön schwierig. Wir stachen uns mit der Gabel in die Lippen und schnitten ständig ins Leere. Dabei hatten wir zwei Arme. Gerson hatte nur einen, und dann auch noch den linken. Seit Anna und Jan bei uns wohnten, saß Anna an ihrem festen Platz am Tisch, neben Gerson. Sie schnitt sein Fleisch in Stücke und drehte ab und zu Gersons Teller unter seiner stochernden Gabel, ohne dass er es merkte. Anna war seine Oma, aber jetzt spielte sie Mutter.

»Wie macht man das?«, fragte Gerson widerwillig. Er hielt den Kopf schief.
»Tja«, antwortete Gerard. »Das braucht Zeit. Man gewöhnt sich von selbst daran, weil man jeden Tag etwas lernt, jeden Tag einen Schritt weiterkommt.«

Gewöhnen. Wenn es nur um Zeit geht, ist das Entstehen einer harten Kruste auf einer Schürfwunde genau so was. Letztendlich behält man höchstens ein Stückchen andersfarbene Haut übrig. Man weiß, dass irgendwann mal was passiert ist, durch diese andere Farbe, aber die Wunde ist verschwunden, verschluckt von der gesunden Haut, verschluckt von der Zeit. Wir sind übersät mit solchen Flecken. Auf unseren Knien, Ellbogen, Händen. Überall. Die dazugehörigen Stürze haben wir vergessen.
Man sagt, dass die Zeit alle Wunden heilt. Ein entsetzlich abgedroschener Satz, den Leute sagen, wenn ihnen wirklich überhaupt gar nichts anderes einfällt. Er stimmt auch nicht. Es gibt Leute, die an ihren Wunden sterben, und sobald man tot ist, gibt es da wohl kaum noch was zu heilen. Gerson lebte, seine Wunden heilten, und jetzt musste er sich an die Folgen dieser Wunden gewöhnen. Wie sollte man sich je daran gewöhnen, nie mehr sehen zu können? Wie sollten wir uns je an einen blinden Bruder gewöhnen? Wie sollte Gerard sich an einen blinden Sohn gewöhnen?
Und noch etwas: Wann ist man mit dem Gewöhnen fertig? Was ist der Zeitpunkt, an dem man sich an etwas gewöhnt hat? Hatten wir uns zum Beispiel daran gewöhnt, dass unsere Mutter weg war? Wir glauben es nicht. Wir dachten oft an sie, wir vermissten sie

manchmal, wir waren wütend auf sie. Wir finden nicht, dass wir uns daran gewöhnt haben, dass sie nicht mehr da ist. Was ist die Endstation von Gewöhnung?

Der Einzige, der schon ein gutes Stück weitergekommen war, war Daan. Wir scharwenzelten alle ein wenig unbeholfen um Gerson herum, wussten noch nicht, wie wir mit der neuen Situation umgehen sollten. Daan hatte den Dreh gefunden. Anfangs war er scheu. Wenn Hunde verlegen sein können, dann war er verlegen gewesen. Danach hatte er den neuen Gerson vorsichtig beschnüffelt und anscheinend begriffen, dass er seine Rolle anpassen musste. Früher war es Gerson gewesen, der Daan beschützte und tröstete, jetzt war es Daan, der Gerson bewachte. Früher war Daan Gersons Hund, jetzt war Gerson Daans Mensch. Er lag unter Gersons Stuhl, wenn wir aßen. Das hatte er früher nie gemacht. Morgens saß er geduldig im Flur vor Gersons Zimmer und wartete. Er beobachtete Nachbarn und Nachbarinnen aufmerksam, verfolgte jede Bewegung und spitzte ständig die Ohren. Schlichtweg unfreundlich war er zu Anna und Jan, die er wie Eindringlinge behandelte. Die Bälle und Stöcke, die wir für ihn durch den Garten warfen, brachte er nicht gerade mit viel Überzeugung zurück. Vielmehr ein wenig abwesend und ohne Interesse, als wenn er wichtigere Dinge zu tun hätte.

»Und doch finde ich es seltsam«, sagte Jan später am Abend. »Wir sind doch entwickelte Lebewesen? Alles passt zusammen, und nichts ist überflüssig. Warum haben wir dann eine Milz? Warum haben wir so ein

Stück Fleisch im Körper, wenn es keinen Zweck erfüllt?«

»Jetzt fängst du auch schon an, immer diese Milz«, sagte Anna. »Wenn Gerson schon mal was sagt, erzählt er auch von nichts anderem. Alle müssen sich die Geschichten über seine Milz anhören, während sie die Augen nicht von den Pflastern abwenden können.«

Gerson lag oben und schlief. Er schlief sehr viel in dieser Zeit. Er ging früh zu Bett und stand spät auf. Wenn das Wetter schön war, lag er nachmittags ausgestreckt mit Daan auf dem Bauch in einem Liegestuhl im Garten und schlief noch mehr.

»Er redet über seine Milz, um seine Augen zu vergessen«, sagte Gerard. »Er schläft, um seine Augen zu vergessen.«

Gerson war, genau wie Gerard, ein Schläfer geworden. Wenn man schläft, ist man eine Weile nicht da, und alles geht an einem vorbei.

Es gab etwas, worüber Gerson nicht sprach, und darüber wunderten wir uns. Den Unfall. Wir wussten, dass wir ihn nicht zwingen konnten. Er durchschaute immer alles, und wir haben ja schon gesagt, dass er halsstarrig und grantig wurde, wenn wir ihm einen Gefallen tun wollten. Gerson ließ sich nicht zwingen. Wenn er fände, dass es an der Zeit sei, zu reden, würde er reden. Nur dann, und nicht eher. Also blieben wir ruhig (wir hatten nämlich *auch* eine Geschichte zu erzählen, wir hatten *auch* in dem kleinen Auto gesessen, als der Mann in uns reinfuhr) und warteten ab. Erst nachdem der Gips von seinem Arm entfernt worden war, hatte er nichts mehr, wohinter er sich verstecken konnte.

»Warum küsst ihr mich nie mehr?« So fing es an.
»Möchtest du, dass wir dich küssen?«, fragte Kees.
»Nein, lieber nicht, nein.« Er sagte es leise, nicht bitter oder bösartig. Er baute keine Mauer um sich herum. »Ich lag und lag und lag da und konnte überhaupt nichts tun, und ich dachte, dass ihr mich geküsst habt.«
»Das haben wir auch«, sagte Klaas. »Harald hat gesagt ... Wir wollten, dass du wieder aufwachst.«
»Was hat Harald gesagt?«
»Wir haben es uns nicht selbst ausgedacht«, sagte Kees.
»Ja, schon, wir haben es uns selbst ausgedacht, aber Harald hat gesagt, dass wir mit dir reden und dich anfassen sollen. Dann würdest du schneller wach werden.«
»Und da habt ihr mich eben geküsst.«
»Ich habe dich geküsst«, sagte Kees, ein wenig verlegen. »Ich saß an der Seite von deinem Gipsarm, da gab es nichts zu streicheln.«
»Hast du das denn gemerkt?«, fragte Klaas.
»Ja, ich glaube schon. Ich wollte euch die ganze Zeit was sagen, aber ich konnte nicht. Und eines Tages fühlte sich mein Hals rau an, und danach wurde ich richtig wach.«
»Du hast geschrien«, sagte Klaas.
»Was habe ich gesagt?«
»Birnbäume blühen weiß.«
Das verschlug ihm kurz die Sprache. Wir saßen zu dritt hinterm Haus im Garten. Es war ein warmer Abend, irgendwann Ende Juni. Es roch herrlich, und wir hatten Zuschauer, Pferde und Schafe. Die Schafe und Lämmer lagen träge und langsam wiederkäuend da, die Pferde

standen mit hängenden Köpfen bewegungslos am Graben. Aus dem Dorf drangen Geräusche. Jemand hämmerte. Im Nachbargarten hörten wir die Hühner herumscharren.
»Warum habe ich das gesagt?«
»Weißt du noch, dass wir an diesem Sonntagmorgen unterwegs waren zu Anna und Jan?«
»Ich glaub schon.«
»Wir sind einen Umweg gefahren, weil du und Gerard an den Obstbäumen vorbeifahren wolltet.«
»Warum?«
»Weil ihr beide blühende Birnbäume so schön findet«, sagte Kees.
»Wir waren uns nicht einig über die Farbe von Birnenblüten«, sagte Klaas. »Du meintest, dass sie weiß blühen, und wir dachten, sie sind rosa.«
»Haben wir darum den Unfall gebaut?«, fragte Gerson.
»Nein, natürlich nicht.«
»Es spukte mir ständig durch den Kopf, ich kriegte es einfach nicht raus. Aber ich konnte nicht reden, ich konnte es nicht loswerden. Ich dachte, dass es dazugehörte, zum Koma.«
»Und also auch zum Unfall. Nein.«
Es war wieder kurz still. Wir warteten ab.
»Sind wir gegen einen Baum gefahren?«
»Nein. Es war ein anderes Auto.«
»Ich hatte mir den Arm gebrochen«, sagte Kees.
»Dann hast du auch einen gebrochenen Arm?«
»Nein, jetzt nicht mehr.«
»Das wusste ich gar nicht.«
»Das macht nichts«, sagte Kees. »Es war nicht so schlimm.«

»Und du und Gerard, was war mit euch?«

»Ich hatte nur einen steifen Nacken«, sagte Klaas. »Gerard hat viel Glas ins Gesicht bekommen. Er ist über zwanzigmal genäht worden.«

»Und die Leute in dem anderen Auto?«

»Es war ein Mann. Ihm ist nichts passiert.«

»Was für ein Mann?«

»Na ja, eben ein Mann.«

»Hat er nichts gesagt?«

»Nein, daran kann ich mich nicht erinnern. Er hatte ein Handy, er hat dafür gesorgt, dass der Krankenwagen kam.«

»Der Krankenwagen?«

»Ja.« Klaas zögerte einen Moment. »Gerard und Kees ...«

»Wo war Daan? War Daan auch dabei?«

»Der rannte ums Auto herum. Der Mann hat Gerard später erzählt, dass Daan sich an seine Hosenbeine gehängt hat.«

»Dann hat er also doch was gesagt.«

»Später, ja. Gerard und er mussten alle möglichen Formalitäten erledigen. Unser Auto war kaputt und seins auch.«

»Ist er im Krankenhaus gewesen?«

»Nein.«

»Warum nicht? Tat es ihm denn nicht leid, was er gemacht hat?«

Wir schwiegen.

»Warum sagt ihr nichts?«

Klaas räusperte sich. »Er kam von rechts.«

Gerson dachte nach. »Ich saß also vorne«, sagte er nach einer Weile, »und Kees saß hinter mir?«

»Ja«, sagte Kees.

Es dämmerte. Das Hämmern hatte aufgehört, und die Hühner waren still geworden. Es war so still, dass wir das Kauen, Aufstoßen und Wiederkäuen der Schafe auf der anderen Seite des Grabens hören konnten.

»Und dann?«

»Gerard und Kees wurden mit dem Krankenwagen ins Krankenhaus gebracht.«

»Und ich?«

»Du warst noch im Auto.«

»Warum haben sie mich da nicht rausgeholt?«

»Na ja«, sagte Klaas, »du warst ziemlich eingeklemmt.«

»Warst du auch noch da?«

»Ja, ich war noch da.«

»Du hast alles gesehen.«

»Ich habe alles gesehen. Jemand wollte mich wegschicken, aber ich habe gesagt, dass ich dein Bruder bin.«

»Und da durftest du bleiben.«

»Ja.«

»Wo war der Mann?«

»Das weiß ich nicht, ich habe nicht mehr auf ihn geachtet.«

»Du hast auch noch was gesagt«, sagte Kees.

»Ich?«, sagte Gerson. »Wann?«

»Kurz nach dem Unfall, als alles wieder still war.«

»Was habe ich denn gesagt?«

»Au.«

»Au?« Gerson seufzte tief. Vielleicht war er müde. Müde vom Reden, müde davon, sich Dinge vorzustellen. Vielleicht wollte er mit diesem tiefen Seufzer sagen, dass er mehr als genug gehört hatte. Dass er bis hierher und nicht weiter wollte. Er konnte sich bestimmt selbst vorstellen, wie das Auto aussah und er selbst in dem Auto. Es war schon spät. Normalerweise lag er bereits um neun Uhr im Bett.

»Das finde ich schon komisch«, sagte er. »Au ist so ein kleines Wort, ein Wort, das man benutzt, wenn man sich in den Finger geschnitten hat oder sich den großen Zeh stößt. Nicht, wenn man nach einem Unfall im Auto festsitzt.« Danach sagte er nichts mehr.

»Wir reden später noch mal darüber«, sagte Kees nach einer Weile. »Wenn du es möchtest, natürlich«, fügte er schnell hinzu.

»Ja«, sagte Gerson. »Nein«, sagte er danach. »Ich weiß es nicht. Ich weiß es einfach nicht.«

»Wie du möchtest«, sagte Klaas.

»Ich will ins Bett«, sagte er. »Ich will schlafen. Wenn ich schlafe, träume ich, und wenn ich träume, sehe ich wenigstens noch was.«

Wenn ich träume, kann ich sehen. Meinen Träumen ist es egal, dass ich blind bin. Ich frage mich, wie das bei Menschen ist, die blind geboren sind. Ich schlafe viel, sehr viel. Ich bin wie Gerard, der geht auch schlafen, wenn er gerade nicht mehr weiterweiß.

Ich habe Anna und Jan befühlt. »Muss das sein«, brummte Opa, und ich sagte: »Ja, das muss sein.« Ich weiß, wie sie aussehen, ich kenne ihre Gesichter auswendig. Vielleicht hilft das, vielleicht kann ich so lernen, mit meinen Fingern zu sehen. Wenn ich das überhaupt lernen *will*. Als meine Finger die Form seiner Nase abtasteten, sah ich sie vor mir. Wer weiß, vielleicht begegnet mir noch mal so eine Nase, und dann weiß ich genau, wie sie aussieht. Unter Omas Augen war es feucht. »Mir ist da draußen gerade was ins Auge geflogen«, sagte sie.

»Gerson, warum sind deine Unterhosen immer so schmutzig?« Anna. Zum Glück sagt sie es, als die anderen weg sind.

»Ich bin blind«, sage ich.

»Hat man denn immer schmutzige Unterhosen, wenn man blind ist?«

»Ich kann mir das Klopapier nicht mehr anschauen«, sage ich, und ich bin sehr froh, dass ich sie nicht sehen kann, zum ersten Mal bin ich froh, dass ich nichts sehen kann.

»Ja, putzt du dich denn nicht mehr ab?« Sie begreift es nicht.

»Früher«, sage ich, »früher guckte ich mir das Klopapier

immer an, wenn ich mich abgeputzt hatte, und dann konnte ich sehen, ob ich mich noch mal mit einem neuen Stück Papier abputzen musste. Oder noch zweimal.«

»Aha.«

Ich will sie erst fragen, wie sie das macht, aber das tue ich doch lieber nicht. Es gibt Dinge, die man besser nicht weiß. Oder nicht wissen möchte. Ich bin ziemlich platt, als sie sagt: »Ich werde Jan mal fragen, wie er das eigentlich macht.«

»Vier Männer in einem großen blauen Wagen«, sagt Gerard. Es ist ein Scherz, aber niemand lacht. Ich sitze vorne, mit Daan auf dem Schoß. Ich weiß, dass er ab und an zu mir raufschaut, ich spüre seinen warmen Atem in kurzen Stößen auf meinem Gesicht. Wir sind unterwegs zum Krankenhaus.

»Wir können versuchen, seine Augenlider zu rekonstruieren«, sagt ein Arzt, den ich nicht kenne, der aber genau wie der andere Arzt nicht mit mir, sondern mit Gerard, Klaas und Kees spricht. »Seine Augenlider« sagt er statt »deine Augenlider«. Als wenn es mich nicht gäbe, als wenn ich nichts zu sagen hätte. Mir gefällt diese Idee überhaupt nicht, aber ich will doch etwas sagen, vor allem, weil alle über meinen Kopf hinweg über meinen Körper reden. Ich sage: »Nehmt die Haut dann am besten von meinem Oberschenkel, da wächst wenigstens Haar, aus dem ihr Wimpern machen könnt.« Werde ich mir dann die Augen reiben, wenn mein Bein juckt?

»Ich will keine Murmeln im Kopf.« Wir sind wieder zu Hause. Ich habe die ganze Fahrt nach Hause kein einziges Wort gesagt, so wütend bin ich.

»Kunstaugen«, sagt Gerard. »Grüne Kunstaugen.«
»Ein Stück von meinem Bein über die Kunstaugen will ich auch nicht.«
»Das geht auch gar nicht«, sagt Klaas. »Die Haut von deinem Bein ist dafür nicht geeignet. Hast du dem Arzt nicht zugehört?«
»Nein«, sage ich. »Ich höre Leuten, die mich nicht ansprechen, nicht zu.«
»Aber was willst du dann?«, fragt Anna.
»Woher soll ich denn das wissen?«
»Zwei schwarze Piratenklappen«, sagt Jan.
»Zum Beispiel.«
»Oder eine Sonnenbrille«, sagt Kees. »Das ist cool.«
»Oder gar nichts«, sage ich.
»Das geht nicht.« Gerard.
»Warum nicht? Es ist mein Körper. Ich will nicht operiert werden. Ich will nur operiert werden, wenn ich dadurch wieder sehen kann.«
»Gerson«, sagt Gerard, »es klingt vielleicht ein wenig seltsam, aber wir müssen dich den ganzen Tag anschauen. Du kannst dich selbst nicht sehen, und wir haben uns schon ein wenig daran gewöhnt, aber andere Leute könnten einen Schrecken bekommen.«
»Nicht nur an dich selbst denken, Gerson«, sagt Jan, ein wenig streng. Ich gehe nicht darauf ein.
»Andere Leute? Was für Leute? Was habe ich mit anderen Leuten zu tun? Dann gucken sie mich eben nicht an.«
»Es gibt noch mehr Dinge, die wir besprechen müssen.«
»Ich will nichts besprechen, ich will meine Ruhe. Daan!« Noch bevor ich zu Ende geredet habe, sitzt er auf meinem Schoß. Daan sagt nichts und will nichts. Daan ist mein stiller Freund. Er leckt mir übers Gesicht, dreht sich einmal im

Kreis und legt sich dann hin, mit einem zufriedenen Seufzer. Er ist warm, und ich fühle sein Herz klopfen.

Kees ist vielleicht ein Trottel. Ich sitze im Wohnzimmer vor dem großen Fenster und sage: »Es regnet.«
»Ja«, sagt er erstaunt, »woher weißt du das?«
»Hörst du ab und zu mal was?«
»Ja, natürlich, ich höre dich jetzt.«
»Dann kannst du doch auch hören, dass es jetzt regnet?«
Es ist einen Moment still. »Ja, das kann ich hören.«

Ich habe einen Ball. So einen kleinen Ball, der mit Reis oder Styroporkügelchen gefüllt ist. Ich muss in den Ball kneifen, um meinen rechten Arm zu kräftigen. Ich weiß, dass in meinem Unterarm ein Stift ist, aber das spüre ich nicht. Ich kann kaum eine volle Kaffeetasse hochheben. Also sitze ich jetzt in einem Sessel und kneife wie ein Idiot in den Ball. Kneifen, entspannen, kneifen, entspannen. Es ist egal, in welchem Sessel ich sitze, ich kann doch nichts sehen. Wenn ich den Ball fallen lasse, liegt er in ein paar Sekunden wieder auf meinem Schoß. Daan ist unersetzlich.

Das Seltsame am Schwarz-Spielen war immer, dass wir nicht besser wurden. Klaas und Kees nicht, und ich nicht. Jetzt merke ich, dass ich blindlings – wie auch anders – von der Küche aus den großen Sessel vor dem Fenster finden kann. Ich gehe einfach so darauf zu. Ich trete auch nie daneben, wenn ich die Treppe hinuntergehe. Wie kann das nur sein? Funktioniert es jetzt, weil es nicht anders geht? Irgendwie weiß ich, dass ich froh darüber sein sollte. Aber ich weigere mich, froh zu sein. Ich will nicht blind sein, ich will sehen.

Ich kann nicht schlafen. Es weht, ich höre die Pappel säuseln und die Zeder im Garten knistern. Ich bekomme nicht gut Luft. Das liegt mehr an meinem Kopf als an meiner Lunge. Weil alles so schwarz ist, stürzt es sich ab und zu auf mich. Es dröhnt und braust dann in meinen Ohren, und vor Schreck atme ich immer schneller. Dadurch bekomme ich nach einer Weile keine Luft mehr. Es ist, als würde Daan es spüren. Er kommt vom Fußende des Bettes hoch und legt sich dicht neben meinen Kopf. Sein warmer Atem vermischt sich mit meinem kurzen Atem. Ich will schlafen, ganz lange schlafen, aber sosehr ich es auch versuche, es geht nicht. Ich werde Daan nie mehr sehen können. Ich werde nie mehr jemanden oder etwas sehen können. Ist das nicht so ähnlich wie tot sein? Muss ich mich ab jetzt auf eine Stimme verlassen? Oder auf einen Geruch? Kann man sich in die Art und Weise verlieben, wie jemand spricht oder wie jemand riecht? Ich zähle die gestutzten Weiden und lege die Hand auf Daans Brust. Sein Herz klopft ruhig. Ich werde morgen in die Stadt gehen und eine Sonnenbrille kaufen. Mit Klaas, der hat einen sicheren Blick für solche Dinge.

Jan und Anna fahren nach Hause. Klaas und Kees haben Ferien. Ab jetzt habe ich sie am Hals. Ab jetzt haben sie mich am Hals.

»Bist du sicher, dass wir nicht noch zwei Tage bleiben sollen?«, fragt Anna.

»Ja, ganz sicher«, sage ich. »Ich kriege die Zeit schon rum.«

»Wir rufen auf jeden Fall an«, sagt Jan.

»Ja«, sagt Anna. »Und später kommt ihr uns besuchen.«

»Im August«, sagt Jan. »Dann könnt ihr schön im See schwimmen.«

»Wer ist ihr?«, frage ich.
»Du und Klaas und Kees.«
»Und Daan?«
»Daan kann auch mitkommen.«
Ich begleite sie zur Tür. Ich küsse Anna und Jan. Ich weiß nicht mehr, was ich sagen soll, und renne die Treppe rauf. Ich vergesse, dass ich die Treppe nicht mehr raufrennen kann, und falle nach etwa fünf Stufen hin. Niemand sieht es, weil niemand was sagt und niemand hinter mir herkommt. Ich rapple mich wieder auf und steige ruhig nach oben. Ich finde die Türklinke, gehe in mein Zimmer und lege mich aufs Bett. Durchs offene Fenster dringen Abschiedsgeräusche. Leises Reden, schlagende Autotüren. Nach einer Weile kann ich das Auto nicht mehr hören. Die Haustür fällt ins Schloss. »Gerson!« Kees. Ich sage nichts. Ich sehe nichts. Klaas und Kees gehen durchs Haus. Daan sitzt vor meiner Tür, ich höre ihn hecheln. In meiner Brust krampft es. Mit den Fingerspitzen taste ich die Haut unter meinen Augen ab. Meine Tränendrüsen sind kaputt, da kommt nichts raus.

Morgen ist Dienstag, der 27. Juli. Der Tag danach ist ein Mittwoch. Mittwoch, der 28. Juli. Mein Geburtstag. Übermorgen werde ich vierzehn Jahre alt.

## Geburtstag

Am Mittwoch, dem 28. Juli, wurde Gerson vierzehn. Woher sollten wir wissen, dass er danach nie wieder Geburtstag haben würde? Wenn wir es gewusst hätten, hätten wir vielleicht mehr daraus gemacht. Nein, das ist Unsinn, wir wussten ja nun mal nichts. Man weiß nie vorher, was in der Zukunft passieren wird, und das ist auch gut so. Wir versuchten später, uns wieder genau daran zu erinnern, wie dieser Dienstag ablief. Genau wie wir uns kurz nach dem Unfall an alles erinnern wollten, was während der Autofahrt gesagt wurde.

Als wir aufstanden, regnete es. Es war kein Sommerregenschauer, keine dicken Tropfen, die, wenn es anfängt zu regnen, Staubwolken aufwirbeln lassen. Es war trübe, es nieselte, ein Nieselnebel aus feinen Tröpfchen bedeckte alles. Anna und Jan waren weg, und wir mussten selbst den Tisch decken. Vier Teller, vier Messer, vier Tassen. Gerard hatte einen Tag frei genommen. Er schlief aus. Gerson schlief auch aus, aber das hatte er in den vergangenen Wochen immer gemacht. Wir pressten zwölf Apfelsinen aus und versuchten, Croissants zu backen, die zusammengelegt als Bausatz aus der Packung kamen. Es misslang, wir hatten den Herd zu hoch eingestellt, und außerdem kriegten wir sie nicht krumm. Wenn Croissants nicht krumm sind, sind es keine Croissants. Wir fütterten Daan, und als er seinen Napf leer gefressen hatte, ließen wir ihn in den Garten. Obwohl es noch früh war, ging Klaas zum Briefkasten. Er kam mit der Zeitung zurück. Sein Haar war feucht. Die Zeitung klemmte halb unter Gerards Teller. Wir legten unser Geschenk auf den Tisch. Daan sprang gegen die Hintertür. Wir ließen ihn rein. Wir setzten uns vor das große Wohnzimmerfenster und warteten. Die Welt draußen war neblig und klein. Die Bäume auf dem Friedhof tropften. Als Gerson nach unten kam, waren drei Autos vorbeigekommen. Der Briefträger ließ noch auf sich warten.

»Ist die Post schon da gewesen?« Das war das Erste, was Gerson fragte, als er ins Zimmer kam.

»Nein«, sagte Kees. »Herzlichen Glückwunsch zum Geburtstag!«

»Oh, ja«, sagte Gerson. Er hatte sein Sweatshirt verkehrt herum angezogen. Der Text (GERSON TOLGAARDER SCHON ZWÖLF JAHRE AUF DIESER WELT, unser Geburtstagsgeschenk von vor zwei Jahren, ein sehr teures Geschenk) prangte auf seinem Rücken, und der Rand des Sweatshirts bedeckte seinen Kehlkopf halb. Wir sagten nichts. Er trug die Sonnenbrille, die er vor einer Woche zusammen mit Klaas gekauft hatte.

»Wirst du Radrennfahrer?«, hatte Gerard gefragt, als sie nach Hause kamen. Das hatte Klaas überhaupt nicht witzig gefunden, und Gerson hatte es durcheinandergebracht.

Gerard gab Gerson einen Umschlag und eine CD. Es dauerte eine Weile, aber schließlich gelang es Gerson, den Umschlag mit seinem Messer aufzureißen. In dem Umschlag waren hundertachtundachtzig Euro und fünfundachtzig Cent. Ein Hundert-Euro-Schein, ein Fünfzig-Euro-Schein, ein Zwanzig-Euro-Schein, ein Zehn-Euro-Schein und ein Fünf-Euro-Schein. Eine

Zwei-Euro-Münze, eine Ein-Euro-Münze und fünfzig, zwanzig, zehn und fünf Cent.
»Geld«, sagte Gerson.
»Ja«, sagte Gerard. »Aber es ist auch Lernmaterial.«
Vielleicht hatte er erwartet, dass Gerson die Geldscheine sofort betasten und die Münzen in der Hand wiegen würde. Stattdessen griff Gerson nach einem geraden Croissant aus dem Brotkörbchen, das wir irgendwo hinten in einem Schrank gefunden und mit ein paar Servietten verschönert hatten. Er nahm einen Bissen. »Igitt«, sagte er. »Die Dinger sind schwarz, ich schmecke es.«
»Sie sind ein wenig misslungen«, gab Kees zu, »aber sie schmecken gar nicht mal so schlecht.«
Gerson legte sein Croissant auf den Tellerrand und riss die Verpackung der CD auf. Er hielt die CD vor seine Sonnenbrille, drehte sie ein paarmal um und sagte: »Toll.«
Gerard sagte nichts. Wir auch nicht.
Gerson aß das Croissant auf, obwohl er dabei ein wenig murrte, und trank seinen Tee. Er schnitt eigenhändig eine Scheibe Käse ab und hielt sie unter seinen Stuhl. Ab und zu zerrte er am Hals seines Sweatshirts. Schweigend aß er noch drei Brote.

Natürlich war es kindisch, aber wir fühlten uns verletzt. Wir hatten uns sehr viel Mühe gegeben, ein gutes Geschenk zu finden. Wir hatten uns vorgestellt, wie Gerson auf das Geschenk reagieren würde. Wir hatten uns *gefreut*, und jetzt saßen wir da in Totenstille am Küchentisch. Es ist schlimmer, jemandem ein Geschenk zu geben, das derjenige nicht schön findet oder nicht beachtet, als selbst ein Geschenk zu bekommen, das einem nicht gefällt. Gerard hatte nicht – wie er es sonst immer machte – Zeitung gelesen. Auch er saß da und starrte ein wenig traurig vor sich hin. Er hatte Gerson hundertachtundachtzig Euro und fünfundachtzig Cent gegeben. Nicht hundertfünfzig oder zweihundert. Genau wie wir hatte er über sein Geschenk nachgedacht. Und auch über die CD. Wir waren so enttäuscht, dass wir Gerson noch nicht mal fragten, ob er unser Geschenk nicht auspacken wollte. Er saß nur da mit dem verkehrt herum angezogenen Sweatshirt und seiner coolen Sonnenbrille. Es war fast unerträglich. Seit er in die Küche gekommen war, waren zwanzig Minuten vergangen, und in der Zeit hatte er fünfmal was gesagt. So ein Tag würde es also werden.

Um ungefähr halb elf tranken wir Kaffee und aßen Kuchen. Gerson saß mitten vor dem großen Fenster. »Es regnet«, hatte er gesagt, als er sich hinsetzte. Jetzt begriff Kees *wirklich* nicht, wie er das wissen konnte, der Regen war viel zu fein, um Geräusche zu verursachen. Aber er traute sich nicht zu fragen. Wir sagten wenig. Gerson aß ein Stück Nusskuchen. Er kreiste mit der Gabel über dem Teller (wir hatten ihm eine große Gabel gegeben, eine Kuchengabel war viel zu klein) und stach dann zu. Während er kaute, hielt er den Kopf ein wenig schief. Er hörte etwas, aber nicht uns. Wahrscheinlich war es das Mofa des Briefträgers, der zu dem Zeitpunkt noch nicht mal ins Dorf hineingefahren war. Von dem Augenblick, in dem Gerson »Da kommt er« sagte, bis der Briefträger die Post in den Briefkasten steckte, verstrichen mindestens zehn Minuten.

»Ich gehe schon«, sagte Klaas. Zum zweiten Mal an diesem Tag ging er zum Briefkasten. Er kam mit zwei Briefen für Gerard und fünf Karten für Gerson zurück.
»Gib her«, sagte Gerson. Klaas reichte ihm die Karten und stellte sich hinter seinen Stuhl. Gerson tat so, als würde er sich die Karten anschauen, und fragte bei jeder: »Von wem?« Die letzte Karte war von unserer Mutter. Er schmiss die vier anderen auf den Boden. Mit der Spitze seines Zeigefingers strich er über die Ansichtskarte. Er roch sogar daran. Danach gab er sie Klaas. »Was ist vorne drauf?«, fragte er.
Klaas sah sich die Karte an. »Vier Männer in schwarzen Anzügen und mit Sonnenbrillen. Sie stehen nebeneinander und schauen nach oben.«
»Was gibt's da zu sehen?«
»Nichts. Sie stehen in einem großen, weißen Raum. Es ist, glaube ich, eine Kunstkarte.«
»Was schreibt sie?«
Klaas drehte die Karte um. »Lieber Gerson, schon heute herzlichen Glückwunsch zum Geburtstag, herzlichen Glückwunsch zum Geburtstag oder nachträglich noch herzlichen Glückwunsch zum Geburtstag, das hängt ein wenig von der italienischen Post ab. Du bist vierzehn geworden! Schon fast ein Mann. Alles Liebe.«
»Ist das alles?«, fragte Gerson.
»Ja.«
»Was steht darunter?«
»Mama.«
»Mama«, sagte Gerson geringschätzig. »Erst schreiben, dass ich fast ein Mann bin, und dann mit Mama

unterschreiben. Was soll das? Kannst du den Poststempel lesen?«
Klaas hielt die Karte dicht vor seine Augen. »Nein«, sagte er. »Aber vielleicht kann Gerard noch mal gucken.«
»Ob sie all die Jahre die Karten selbst zur Post gebracht und den Mann hinterm Schalter jedes Mal gefragt hat, ob er bitte so undeutlich wie möglich abstempeln kann?«, fragte Gerson.
Gerard runzelte die Stirn und warf einen kurzen Blick auf die Karte. »Nein«, sagte er, »unlesbar.« Er ließ die Hand mit der Karte auf seinen Schoß fallen und starrte aus dem großen Fenster nach draußen.
»Irgendwann kommt sie zurück, Gerson«, sagte er nach einer Weile. »Sie muss eines Tages zurückkommen. Sie kann nicht ewig wegbleiben.«
»Von mir aus kann sie das ruhig«, sagte Gerson. »Es ist mir alles so was von egal.«

Nachmittags gingen wir zum Strand. Es nieselte nicht mehr, aber es war noch immer ein schmutziggrauer, windstiller Tag. Ein seltsamer Tag für mitten im Sommer. Gerson ging vor uns und lief auf eine Düne zu. Daan zog ihn. Die Leute, die ihm entgegenkamen, konnten lesen, wer er war und wie lange er schon auf dieser Welt war. Gerard hatte ihm, kurz bevor wir aus dem Haus gingen, gesagt, dass er sein Sweatshirt verkehrt herum anhatte. Wir passten gut auf ihn auf, aber Daan lief, ohne zu zögern, genau auf den Sandpfad zu, der vom befestigten Weg aus hinunter zum Strand führte. Er benahm sich – bis auf das Ziehen – wie ein echter Blindenhund.

Gerson wankte, als der Asphalt in Sand überging. Ein Mädchen, das nach oben stieg, sagte etwas zu Gerson, was wir nicht verstehen konnten.
Gersons Antwort verstanden wir wohl. »Halt's Maul«, sagte er, »oder soll ich den Hund auf dich hetzen?«
Darüber musste das Mädchen laut lachen. Ein sehr hübsches Mädchen, wie wir fanden, eines, das uns, mit unserem Strohhaar und unseren krummen Nasen, nie einfach so ansprechen würde. Sie hatte lange, feuchte Haare, die an ihrem Gesicht klebten, und lange Wimpern. Das sah Gerson natürlich nicht. Und wenn er es hätte sehen können, wäre es ihm wahrscheinlich egal gewesen.
»Daan, fass«, sagte er und ließ die Leine los. Daan rannte auf das Mädchen zu, sprang hoch und blieb am Saum ihrer Shorts hängen. Er strampelte mit seinen kurzen Pfoten gegen ihre nackten Beine. »Hau ab!«, rief das Mädchen und gab ihm einen Klaps auf den Kopf.
»Daan, aus!«, rief Gerard. Daan reagierte nicht.
»Daan, aus!«, sagte Gerson. Daan ließ sofort los und landete auf dem Sand.
»Dreckskerle«, schrie das Mädchen uns an.
Danach rannte sie weg, über die Düne. »Schwule Wichser«, hörten wir sie noch rufen, als sie schon hinter dem reglosen Strandhafer verschwunden war.
»Das darf ein Blindenhund natürlich nie machen«, sagte Kees trocken. »Der muss immer ruhig bleiben und darf sich unter keinen Umständen bei Leuten an die Hose hängen.«
»Was hat sie eigentlich gesagt?«, fragte Klaas.
»Sie sagte: ›Hey, du Schönling, ich kann weit und breit keine Sonne sehen. Angeber!‹«

»Tja«, sagte Gerard. »Mach das nie wieder, Gerson.«
»Das kommt darauf an«, sagte Gerson. Er schob die Sonnenbrille demonstrativ ein Stück hoch, hockte sich hin und wühlte im Sand. Daan nahm die Leine ins Maul und drückte sie gegen Gersons umhertastende Hand. Zusammen rannten sie nach unten, dem spiegelglatten Meer entgegen.

Wir standen bis zu den Hüften im Salzwasser. Einen Ball hatten wir nicht mitgenommen, es hat wenig Sinn, mit jemandem Ball zu spielen, der blind ist. Daan tat, als wäre er eine Art lebendiger Ball. Vor dem Meer hatte er seltsamerweise keine Angst. Das Meer ähnelt einem Graben natürlich auch nicht die Bohne, vielleicht darum. Wild paddelnd schwamm er hin und her. Derjenige, der ihn gerufen hatte, hob ihn kurz aus dem Wasser, so dass er sich ausruhen konnte, und dann paddelte er schnaufend zum Nächsten, der ihn rief.
»Gerson, es ist Ende Juli«, sagte Gerard irgendwann.
»Nicht jetzt«, antwortete Gerson.
»Du kannst nicht ständig ›nicht jetzt‹ sagen.«
»Ich habe heute Geburtstag.«
»Daan, hierher«, rief Kees.
»Und morgen bist du müde, und übermorgen hast du keine Lust, und in drei Tagen hast du Kopfweh.«
»Lass mich doch einfach in Ruhe.«
»Du musst doch etwas tun? Es muss etwas geschehen. Wir müssen entscheiden, was du willst.«
»*Wir* müssen entscheiden, was *ich* will«, sagte Gerson.
»Das geht nicht.«
»Du weißt genau, was ich meine. Daan, komm her.«

Das Gespräch zwischen Gerard und Gerson hatte Daan ein wenig verwirrt. Er schwamm unschlüssig im Kreis, und erst als Gerard ihn rief, schwamm er wieder geradeaus. »Du musst angemeldet werden. Irgendwo. Wir müssen entscheiden, ob du einen Hund möchtest, ich muss rausfinden, ob das möglich ist, ich muss Kontakt mit einem Institut aufnehmen, das Hunde ausbildet.«

Gerson antwortete nicht und rief Daan.

»Es muss etwas geschehen«, sagte Gerard. »Klaas und Kees haben nicht ewig Ferien.«

»Was haben Klaas und Kees damit zu tun?«

»Klaas und Kees sind zu Hause. Weil sie zu Hause sind, kannst du auch zu Hause sein. Oder meinst du, du würdest es alleine schaffen?«

»Ja, natürlich. Ich bin doch kein Kind.«

Gerard seufzte tief.

»Daan, hierher«, rief Klaas. Daan kam, aber er schwamm ganz langsam. »Wir müssen raus«, sagte Klaas, »Daan ist müde, er kann den Kopf kaum noch über Wasser halten.«

»Ich will nach Hause«, sagte Gerson. »Jetzt. Mir ist kalt.«

Abends aßen wir Spaghetti. An Geburtstagen essen wir immer, was derjenige essen möchte, der Geburtstag hat. Gerson hatte am Tag davor gesagt, er wolle Spaghetti mit Champignons, Petersilie, Käse und saurer Sahne essen. Wir kochten zu zweit, und Gerson rief Anweisungen aus dem Wohnzimmer. »Die Petersilie muss ganz fein gehackt werden.« Oder: »Ihr lasst die Spaghetti immer zu lange kochen«, obwohl sie noch nicht mal im Topf waren.

Wir tranken ein Glas Rotwein beim Essen. Ein einziges Glas. »Warum sollte ich keinen Wein trinken dürfen?«, fragte Gerson, als Gerard sagte, dass er dafür vielleicht noch zu jung war. »Ich bin schon fast ein Mann, frag mal meine Mutter.« Der Wein löste seine Zunge nicht. Er aß schweigend seine Spaghetti, und als er damit fertig und der Tisch um seinen Teller herum ein Schlachtfeld war, sagte er: »Na ja, das war auf jeden Fall besser als die Croissants heute Morgen.«

Kurz bevor er an diesem Abend schlafen gehen wollte, fragte er uns beleidigt, warum wir ihm nichts geschenkt hatten. Jetzt fanden wir, dass wir an der Reihe waren zu schweigen. Es gibt da Grenzen, was die Rücksichtnahme betrifft. Mussten wir ihn ständig schonen, weil er blind war? Nach einer unangenehmen Stille holte Kees doch unser Geschenk aus der Küche und gab es Gerson. Er packte es sehr langsam aus, als wenn der Tag, der hinter ihm lag, ihn erschöpft hätte. Oder wollte er uns zeigen, dass er diesen Streit gewonnen hatte? War das langsame Auspacken sein triumphierender Sieg, den er so lange wie möglich auskosten wollte? Aber als er fühlte, was für ein Geschenk es war, verschwand der Triumph aus seinen Bewegungen.
»Ein Buch?« Wir sahen das Fragezeichen fast um seinen Kopf kreisen, so erstaunt war er.
»Fühl noch mal weiter«, sagte Kees.
Gerson fühlte weiter. »Eine CD?«, fragte er.
»Der Autor liest aus seinem eigenen Werk«, sagte Klaas.
»Das Buch ist eigentlich für uns«, sagte Kees. »Dann

können wir dir die Geschichten vorlesen, die der Autor nicht selbst eingesprochen hat.«
»Was für ein Buch ist es?«, fragte Gerson.
»Die Geschichten vom Eichhörnchen und der Ameise. Und vom Elefanten, dem Karpfen, dem Nashorn und natürlich deinem Lieblingstier, dem Bockkäfer. In dem Buch stehen alle Geschichten drin.«
»Der Bockkäfer«, sagte Gerson. »Der den gebrochenen Geruchssinn der Grille wieder ganz macht, indem er ihn schient. Und der die Grille wieder zusammensetzt, als sie explodiert ist.«
»Ja, der«, sagte Kees.
Gerson war einen Moment still. »Danke«, sagte er danach leise. »Das finde ich ein tolles Geschenk.«
Das war genau, was wir erwartet hatten. Das Buch mit Geschichten, das wir hatten, war völlig zerfleddert. Als Gerson klein war, wollte er immer eine Geschichte über den Bockkäfer hören, manchmal sogar schon, wenn wir noch mitten in einer anderen Geschichte waren.
Danach ging er schlafen. Um zu träumen und zu sehen. Oder um über seine Zukunft nachzudenken. Wir wissen es nicht.
Kees konnte nicht einschlafen. »Ist dir auch was an der Karte von Mama aufgefallen?«
»Wie meinst du?«
»Etwas, das anders ist als sonst.«
»Was denn?«
»Sie hat zum ersten Mal selbst italienisch geschrieben.«
»Verdammt, du hast recht.«
»Ob das was bedeutet?«

»Weiß nicht. Kann schon sein.«

»Aber was denn?«

»Mensch, Kees, woher soll ich denn das wissen?«

»Ich frag ja nur. Es fiel mir eben auf.«

Klaas seufzte und drehte sich um. »Wir werden es schon sehen.«

1. August. Kees liest vor. Nur wenn es nicht anders geht, höre ich mir die CD mit der Stimme des Autors an. Kees kann besser vorlesen als Klaas, er hetzt nicht so. Kees kann sogar besser vorlesen als der Autor selbst. Ich sehe alles vor mir, das ist das Schöne an diesen Geschichten. Das Leben ist übersichtlich, es gibt nur ein Tier von jeder Sorte, sie wohnen alle zusammen in ein und demselben Wald, und jedes Tier ist irgendwas und bleibt das auch. Nie stirbt jemand, nie wird jemand geboren, und trotzdem hat ständig irgendein Tier Geburtstag. Es ändert sich fast nie etwas, und wenn doch eine Änderung droht, dann kommt sie letztendlich doch nicht, oder alles wird wieder gut. Die Ameise möchte ab und zu weggehen, das gefällt ihr, weggehen. Aber sie kommt immer wieder. Immer. Der Bockkäfer ist der Doktor, und fast immer ist die Grille seine Patientin, während der Elefant ständig von Pappeln, Buchen und Eichen runterfällt. Es ist eine Welt, in der ich mich zu Hause fühle. Mehr als in der echten Welt, meiner neuen Welt.
Kees macht keine Stimmen nach, aber ich höre an seiner Stimme, welches Tier er mag. Der Ton seiner Stimme geht mit der Stimmung der Geschichten einher. Er spricht nicht mit Absicht traurig oder fröhlich, wenn etwas Trauriges oder Fröhliches passiert, aber dennoch verändert sich sein Ton. Ich habe Kees sehr lieb, ich habe Kees lieber als Klaas, aber vielleicht darf ich das nicht denken.

Zu Hause, dieses Haus ist ein Käfig. Ein düsterer Käfig, aus dem ich vielleicht niemals ausbrechen kann. Klaas und

Kees sind freundliche, sanfte Wächter, die fast nie die Geduld mit mir verlieren. Gerard ist ein weniger freundlicher Wächter. Er bringt Unruhe, er stellt Fragen, er will mich zu Entscheidungen zwingen. Ich will es aufschieben, ich will nicht vorausdenken. Ich will nichts. Ich will Ruhe.

Als ich im Krankenhaus lag, war ich noch nicht wirklich blind. Das kam erst, als ich zu Hause war und begriff, dass ich immer zu Hause bleiben würde. In diesem Haus oder später in einem anderen Haus. Alles, was Harald sagte, war wahr, und alles, was die Ärzte sagten, auch. Und ich hoffte weiterhin, dass sie etwas daran ändern könnten. Dass eines Tages jemand mit einer gespendeten Hornhaut ins Zimmer gerannt käme. Oder meinetwegen auch mit zwei kompletten Augäpfeln. Im Krankenhaus hatte ich keinen Grund, traurig zu sein oder wütend oder was auch immer. Ich war nichts und niemand da. Nichts brauchte ich zu entscheiden. Alles wurde mir abgenommen. Das Krankenhaus war ein Ort mit einem offenen Ende. Zu Hause ist ein Käfig.

3. August. Ich habe einen neuen Kneifball. In den ersten Ball habe ich so oft und fest gekniffen, dass er kaputtgegangen ist. Gerard hat, praktisch, wie er ist, gleich fünf neue gekauft. Soll ich noch fünf Kneifbälle kaputtkneifen? Na ja, vier, einen habe ich Daan gegeben. Gerard sagt auch, dass ich unbedingt schwimmen muss, nächste Woche, wenn Klaas, Kees, Daan und ich zu Anna und Jan fahren. »Schwimmen ist ein guter Sport«, sagt er, »das kräftigt alle Muskeln.« Gut, ich werde schwimmen.

Die Karte von meiner Mutter geht mir nicht aus dem Kopf. Die Männer mit Sonnenbrillen. Warum schickt sie mir eine Karte voller Sonnenbrillen? Das hat sie noch nie gemacht. Warum gerade jetzt, wo ich eine Sonnenbrille tragen muss? Spürt sie vielleicht was? Warum kommt sie nicht nach Hause? Sorgt sie wirklich absichtlich dafür, dass wir die Poststempel nie entziffern können? Sie ist schon sehr lange weg, und ich dachte, ich könnte inzwischen auf sie verzichten, aber das stimmt nicht. Ich brauche sie, ich will meine Mutter zurück. Wenn sie da ist, wird alles wieder gut. Zum ersten Mal hat sie selbst geschrieben, dass sie in Italien ist, das ist mir aufgefallen. Vielleicht bedeutet das was? Ich sage Klaas, Kees oder Gerard nichts davon, ich glaube nicht, dass sie es gemerkt haben.

4. August. Warum will ich immer wissen, welchen Tag wir haben? Ich dachte über die Zukunft immer: Ich werde es schon sehen. Jetzt gibt es kaum noch was zu sehen. Alle kümmern sich um meine Zukunft, vor allem Gerard.

5. August. Es regnet, und es ist sehr schwül. Trotzdem habe ich heute Mittag eine Weile im Garten gesessen, unter dem großen Sonnenschirm. Der Sonnenschirm leckte, das Wasser tropfte mir auf den Kopf und die Beine. Ich bin einfach sitzen geblieben.
Wäre ich nur eine Grille.

Ich weiß, dass ich mich an meinem Geburtstag unmöglich benommen habe. Ich kann nichts dafür, wenn ich einmal anfange, gibt es keinen Weg mehr zurück. Ich merke, dass es die anderen bedrückt. Dann werde ich noch grantiger, sonst muss ich sagen, dass es mir leidtut, und das kann ich jetzt einfach nicht. Wenn ich einmal anfange, gibt es keinen Weg zurück.

»Wenn ihr wieder da seid, setzen wir uns mal zusammen«, sagt Gerard. »So geht es nicht weiter.«
»Einverstanden«, sage ich. Ich glaube, dass meine Antwort Gerard erschreckt, er hatte was völlig anderes erwartet. Braille, mit den Fingern lesen. Ich will nicht daran denken. Ich will auch nicht daran denken, mit anderen Blinden zusammen zu sein.

7. August. Bevor wir zu Anna und Jan fahren, will ich noch einmal Schwarz spielen. Vielleicht bin ich jetzt besser darin geworden. Ich habe schon ein Ziel im Kopf. Ein ruhiger Ort. Ein Ort, an dem alles stillsteht, an dem ich nichts zu tun brauche. Wo ich vielleicht eine Weile oder ein wenig länger Ruhe finden kann.

## Grabsteinliegen

Am 8. August, einem Sonntag, wollte Gerson zu unserem großen Erstaunen Schwarz spielen. Es war der Tag, bevor wir zu Anna und Jan fahren würden. Daten werden jetzt wichtig, es ist eine Art Abzählen geworden, diese Geschichte.

»Warum?«, fragte Kees.

»Darum«, antwortete Gerson.

Klaas seufzte.

»Ich will wissen, ob ich es verlernt habe.«

Warum wollte er Schwarz spielen?

An diesem Morgen passierte noch etwas Seltsames. Gerard ließ einen Eimer mit warmem Wasser volllaufen. Er nahm einen ausgetrockneten Schwamm und ein steinhartes Fensterleder aus der Waschküche. Er holte das Hartwachs aus dem Schuppen.

»Wäschst du das Auto?«, fragte Klaas erstaunt.

»Anscheinend«, sagte Gerard, als ob er sich selbst auch darüber wunderte. Es war das erste Mal, dass er den großen, dunkelblauen Wagen wusch. Er ließ die Radkappen und die Nummernschilder nicht aus. Er stöpselte den Stecker der Kabelrolle in der Küche ein, steckte den Stecker des Staubsaugers in die Kabelrolle und saugte die Vordersitze und die Rückbank ab. Er schlug die Automatten gegen die Mauer unter dem Küchenfenster. Er rieb den Wagen mit einem alten Geschirrtuch trocken. Er trug das Hartwachs auf und verteilte es mit einem weichen Tuch. Er holte sogar die Spraydose mit Tannennadelduft aus dem Küchenschrank.

Wir saßen zu dritt auf dem Sofa im Wohnzimmer und schauten durch das Seitenfenster raus.
»Wäscht Gerard das neue Auto?«, hatte Gerson gefragt.
»Anscheinend«, hatte Klaas gesagt.
»An einem Sonntag?«
»Ja«, sagte Klaas.
»Dann warten wir eben, bis er fertig ist«, sagte Gerson.
Er saß zwischen uns und fragte ständig, was Gerard gerade machte, als fände er das interessant. Unsere Schultern klebten aneinander. Es war warm, und wir trugen alle drei ein Muskel-Shirt. Wir machten eine Live-Reportage. Wir taten so, als ob wir ein Fußballspiel kommentierten. Ein Wettstreit zwischen Gerard und dem Auto. Nachdem Gerard alle Türen hintereinander zugeschlagen hatte, stand es 4 zu 0 für ihn. Kurze Zeit später war er fertig.
»Wir können anfangen«, sagte Gerson. »Oder?«
»Ja, wir können«, sagte Kees.

Natürlich mogelten wir an diesem Morgen. Gerson hatte noch nicht einmal so einen weißen Stock. Er hatte überhaupt nichts.
Als wir schon an der Buche standen, wollte Klaas fragen, wer das Ziel bestimmte, aber Gerson war schneller. »Das Grab von Pieter Mulder«, sagte er. Das Grab von Pieter Mulder (geboren 1841, gestorben 1902, Beruf Zimmermann) war früher Gersons bevorzugtes schwieriges Ziel. Die Gräber auf dem kleinen Friedhof waren nicht in ordentlichen Reihen angelegt, sondern lagen querbeet verteilt. Zählen half nicht, man musste wirklich genau wissen, wo das Grab lag. Pieter Mul-

ders Grabstein war ungewöhnlich. Sehr schmal und hoch. Oben war eine Trauerweide aus dem Stein gehauen. Wenn man ihn einmal gefunden hatte, konnte es nicht mehr schiefgehen. Aber dazu musste man ihn eben erst mal finden.

»Okay«, sagte Klaas. Wir schlossen die Augen und legten die Hände auf den glatten Buchenstamm. »Pass aber auf, wenn du über die Straße gehst, ja?«, sagte Klaas, bevor er mit dem Abzählen anfing.

»Ja, Chef.«

»Drei, zwei, eins«, sagte Klaas.

Gerson löste sich von der Buche und wankte Richtung Haus, genau in die falsche Richtung. Wir sahen alles, weil wir mogelten. Und zwar tüchtig. Ab und zu machten wir die Augen der Form halber kurz zu. Gerson blieb auf dem Gras stehen. Er hatte noch keinen Kieselstein unter den Schuhen gespürt und wusste, dass er in die falsche Richtung ging. Er machte eine Vierteldrehung und ging mit kleinen Schritten weiter, bis er auf der Auffahrt stand. Dort machte er wieder eine Vierteldrehung und schob sich über die kleinen Kieselsteine vorwärts. Wir waren inzwischen über die Brücke gegangen und schauten uns seine Fortschritte vom Weg aus an.

Als er den ersten Fuß auf die Brücke setzte, gingen wir schräg über den Weg und steuerten auf den Zaun des Friedhofs zu. Brücke ist etwas zu viel gesagt. Es sind nur ein paar schwere Balken, die von der einen Seite des Grabens zur anderen führen. Auf den Balken liegen dicke Bretter von etwa vier Meter Länge. Die Brücke hat kein Geländer. Gerson überquerte sie nicht in der Mitte. Er ging unwahrscheinlich nahe am Rand entlang.

»Das geht nicht gut«, flüsterte Kees.
»Lass ihn noch mal eben«, zischte Klaas, während er Kees am Shirt festhielt. »Er geht langsam, und bestimmt fühlt er den Rand.«
Gerson hatte gar keine Zeit, den Rand zu fühlen. Ein zögernder rechter Fuß spürte plötzlich keinen festen Boden mehr unter sich, und statt sich erschrocken zurückzuziehen, verschwand der Fuß im Nichts neben der Brücke, und Gerson purzelte hinterher.
Als wir am Graben ankamen, war er völlig verschwunden. Klaas rutschte am Rand des Grabens nach unten, steckte eine Hand ins Wasser und zog Gerson am Hemdkragen aus dem Wasser. Seine Sonnenbrille hing an einem Ohr. Er griff in das lange Gras an der steilen Böschung und kroch langsam hinter Klaas nach oben. Tropfend stand er am Weg, grüne Entengrütze in seinem schwarzen Haar, große Moderflecken auf seinem Shirt. Kees zog die Sonnenbrille von Gersons Ohr und setzte sie wieder gerade auf seine Nase. Er wischte ein paar Wasserpflanzen von seiner Schulter.
»Schummelt ihr, oder was?«, fragte Gerson.
»Wir hörten dich ins Wasser fallen«, sagte Klaas.
»Ja, ja«, sagte Gerson, »ihr wart aber ziemlich schnell.«
»Wir können auch schnell rennen«, sagte Kees.
»Gut«, sagte Klaas. »Das war's dann ja wohl.«
»Das war's überhaupt noch nicht«, sagte Gerson.
»Du bist patschnass und schmutzig«, sagte Klaas. »Ist dir nicht kalt?«
»Kalt? Es ist bullenheiß. Wir fangen noch mal neu an.«

Kurze Zeit später hatte er die Brücke sicher überquert und ohne weitere Zwischenfälle das Tor zum Friedhof erreicht. Hier konnte kaum noch etwas passieren. Wir stellten uns in die Nähe des Steins von Pieter Mulder. Gerson lief über den mit Muscheln gepflasterten Pfad nach oben. Er trocknete schnell. Die dunklen Moderflecken waren jetzt helle Striemen, und sein Haar wehte in Strähnen um seinen Kopf. Ab und zu sahen wir ein wenig Entengrütze von seinem Kopf abplatzen. Wir schummelten nicht nur, wir hatten auch stillschweigend vereinbart, dass wir Gerson gewinnen lassen würden. Das hätten wir vielleicht nicht tun dürfen. Gerson irrte von Grabstein zu Grabstein. Oben auf jedem Stein legte er beide Hände nebeneinander und ließ sie dann langsam daran hinunterwandern. Schon bald fühlte er die steinernen Zweige der Trauerweide unter seinen Händen. Bevor er »Erster!« rief, setzte er sich auf den Stein, mit dem Pieter Mulders Grab abgedeckt war. Seine Finger glitten über die beiden verschränkten ausgehauenen Hämmer. Danach seufzte er tief und legte sich der Länge nach auf den Stein.

»Ich liege hier gut«, sagte er, als wir angelaufen kamen.

Wir sagten nichts.

»Es ist trotzdem ein seltsames Gefühl, dass ich hier in der Sonne liege und anderthalb Meter unter mir jemand anders liegt.«

»Etwas«, sagte Klaas. »Da liegt etwas und nicht jemand, der Mann ist schon gut ein Jahrhundert tot, von dem ist nichts mehr übrig.«

»Ihr habt mich bestimmt gewinnen lassen?«, fragte er.

»Ja«, sagte Kees sofort. Kees kann nicht lügen.

»Es macht keinen Spaß mehr«, sagte Gerson. »Die Bilder in meinem Kopf werden schon alt, und ihr schummelt und lasst mich gewinnen. Außerdem kann ich eure verdatterten Gesichter nicht mehr sehen.«

»Mir macht das so auch keinen Spaß«, sagte Kees. »Wir können nicht mehr mitspielen, wir müssen die ganze Zeit auf dich aufpassen.«

»Ich kann selbst auf mich aufpassen.«

»Ja«, sagte Klaas, »das haben wir gemerkt.«

»Habt ihr mich die ganze Zeit belauert?«

»Ununterbrochen«, sagte Kees.

»Hättet ihr nicht kurz rufen können, als ich über die Brücke ging?«

»Wir dachten, es würde wohl klappen«, sagte Klaas.

»Ja, ja«, sagte Gerson.

Wir legten uns jeder auf einen Stein zu beiden Seiten des Steins von Pieter Mulder. Es war wirklich bequem. Das Moos auf den Steinen war von der Sonne erwärmt. Ein leichter Wind wehte zwischen den Steinen hindurch. Gerson nahm seine Sonnenbrille ab und wuschelte mit der Hand durch sein Haar. Es knisterte. Wir verschränkten unsere Arme im Nacken und schlossen die Augen. Wenn die Vögel sich einen Moment still verhielten, konnten wir hören, wie Gersons Hose leise knackend trocknete. Nach einer Weile sagte Gerson: »Gut, dann werden wir jetzt mal den Weltrekord im Grabsteinliegen brechen.« Erst als wir Gerard anderthalb Stunden später rufen hörten, standen wir auf.

Ich fühlte mich ganz wohl da im Graben. Von mir aus hätten sie mich nicht rauszuholen brauchen. Es war nicht kalt, es war nicht warm. Es war dunkel, denke ich, dunkelgrün, und der Moder, der zwischen meinen Fingern hindurchglitt, fühlte sich an wie Pudding. Wasser ist angenehm. Im Wasser ist man schwerelos, manchmal ist es, als könne man im Wasser fliegen. Als wir auf den Grabsteinen lagen, war nichts in meinem Kopf, ich war ganz leer. Ich spürte die Sonne auf meinem Gesicht und vor allem auf meinen Augen, in meinen Augen. Klaas und Kees sagten zum Glück nichts. Sie lagen still neben mir, meine beiden großen Brüder. Sie hatten die Augen geschlossen, wir waren gleich. Ich hätte dort für immer liegen bleiben wollen. Ein einziger, langer, ununterbrochener Sommertag im August. Aber das geht nicht, ich …
»Wir gehen!«, ruft Kees.
Ja. Wir müssen gehen.

## Verzeihen

»Ich schwebe«, sagte Gerson.

»Nein«, sagte Gerard. »Du sitzt auf dem Beifahrersitz in einem Auto, das ...«, er beugte sich ein wenig vor und schaute auf den Tacho, »... 109 Kilometer in der Stunde fährt.«

»Wenn man nichts sehen kann, vergisst man das Auto«, sagte Gerson. »Probiert es mal aus.« Nach einer kurzen Pause sagte er zu Gerard: »Du natürlich nicht.«

Wir saßen nebeneinander auf der Rückbank und kniffen die Augen fest zu. Gerson hatte recht. Nach einer Weile schwebten wir. Erst wurde uns ein wenig schwindlig, und danach verschwand die Rückbank, und mit der Rückbank das gesamte Auto. Wir machten die Augen rasch wieder auf, weil wir ein wenig zu schnell schwebten.

Montagmorgen, 9. August. Gerard hatte einen Tag frei genommen. Das war kein Problem, denn wir waren in diesem Sommer nicht in Urlaub gefahren. Wir dachten, Gerson würde nicht merken, dass dies die Autofahrt war, die wir Anfang Mai auch gemacht hatten, bloß drei Monate später. Wir täuschten uns. Bevor wir die Stelle erreichten, an der Gerard vor drei Monaten die Autobahn verlassen hatte, sagte Gerson, dass ihm von der hohen Geschwindigkeit übel wurde. Kurz danach sagte er, dass er außerdem gerne dieselbe Route fahren wolle wie an jenem Sonntag im Mai. »Aber dieses Mal ohne Unfall«, sagte er kurz vor der Abzweigung.

»Ja, natürlich«, murmelte Gerard.

Einen Moment später fuhren wir auf dem schmalen Weg, der sich wie ein schnurgerader Strich quer durch die Obstgärten zog. Gerard fuhr sehr langsam und sah starr nach vorne. Wir versuchten zu erkennen, welche Form die kleinen Früchte an den Bäumen hatten.

»Bist du hier fast in den Graben gefahren?«, fragte Gerson ein paar Minuten später.

»Ja«, sagte Gerard. »Aber das habe ich absichtlich gemacht.«

»Das weiß ich doch«, sagte Gerson.

»Kannst du kurz anhalten?«, fragte Klaas.

»Warum?«

»Im Fahren können wir die Bäume nicht richtig sehen.«

Gerard fuhr auf den Seitenstreifen und schaltete den Motor aus. Klaas stieg aus. Er blieb dicht neben dem Auto stehen, hinter der geöffneten Wagentür. Dann trat er einen Schritt vor und sprang über den Graben, der den Weg von den Obstgärten trennte. Kurze Zeit später sprang er wieder zurück und stieg ins Auto.

»Du hast recht«, sagte er.

»Wer?«, fragte Gerson.

»Du.«

»Womit?«

»Es sind wirklich Birnen.«

»Birnbäume blühen weiß«, sagte Gerson.

»Ja«, sagte Klaas. Gerard startete den Wagen wieder. Schweigend fuhren wir auf die Kreuzung zu.

»Sind wir beinahe dort?«, fragte Gerson.

»Ja«, sagte Gerard.

Danach geschah etwas, was wir nie vergessen werden. Kurz bevor wir die Kreuzung erreichten, fuhr Gerard das Auto wieder an den Wegrand. Nicht, weil jemand ihn bat anzuhalten, sondern (das denken wir, wir haben Gerard nie danach gefragt) weil er nicht weiterkonnte. Als wenn die Kreuzung ein unbezwingbares Hindernis wäre und das Auto ein unwilliges Pferd.
»Ist es hier?«, fragte Gerson.
»Ja«, sagte Gerard tonlos.
»Hier kam das Auto mit dem Mann von rechts.«
»Ja.«
»Welche Farbe hatte das Auto?«
»Rot«, sagte Gerard. »Dunkelrot.«
»War es eigentlich ein netter Mann?«
»Normal. Warum fragst du das?«
»Einfach so. Und du hast ihn nicht kommen sehen?«
»Nein.«
Daan, der wie immer bei Gerson auf dem Schoß saß, bellte.
»Ja, du hast ihn ins Hosenbein gebissen«, sagte Gerson. »Ich wüsste nur zu gerne, warum.«
Danach war es eine Weile still. Gerard lehnte ein wenig vornübergebeugt mit den Ellbogen auf dem Lenkrad. Er starrte auf die Kreuzung, ohne etwas zu sehen. Wir schauten beide nach rechts. Kees rieb sich den Arm. Wir sahen einen langen, schnurgeraden Weg, genau so einen wie den Weg, auf dem wir standen. Wenn der Mann ein wenig langsamer gefahren wäre, wenn er unterwegs hätte bremsen müssen, weil eine Ente den Weg überquerte, wenn er etwas später von zu Hause weggefahren wäre. Wenn, wenn, wenn ...
Und dann geschah es. Gerson hob den linken Arm und

legte seine Hand auf Gerards Schulter. »Du konntest nichts dafür«, sagte er leise. Er ließ seine Hand noch einen Moment liegen und streichelte danach Daan über den Kopf. Ganz langsam richtete Gerard sich hinter dem Steuer auf. Er sagte nichts. Das einzige Geräusch im Auto machte Daan, der mit heraushängender Zunge hechelte. Gerard drehte den Zündschlüssel im Schloss und räusperte sich. Bevor er Gas gab, schaute er nach links und nach rechts. Wir fuhren über die Kreuzung, das Hindernis war überwunden.

Kurz bevor wir ins Haus von Anna und Jan gehen wollten, hielt Gerard uns zurück. Uns, das sind wir, Klaas und Kees. Gerson ging schon mal vor, über den mit gelben Klinkern gepflasterten Pfad, der sich durch Jans wilden Blumengarten wand. Einen Pfad, den er kannte. Daan sprang aufgeregt um ihn herum. Gerard wollte uns noch was sagen.
»Sprecht mit Gerson über seine Zukunft«, sagte Gerard. »Ich habe mit ihm abgesprochen, dass wir uns alle zusammensetzen, wenn ihr nächste Woche wieder zu Hause seid.«
»Was sollen wir denn sagen?«, fragte Kees. Genau dieselbe idiotische Frage, die er Harald gestellt hatte, als Gerson im Koma lag.
Gerard gab mehr oder weniger dieselbe Antwort wie Harald. »Alles Mögliche, denkt euch was aus. Aber macht ihm vor allem klar, dass ihr nicht seine Babysitter seid. Er muss alleine zurechtkommen.«
»Ich passe gerne auf ihn auf«, sagte Kees.
»Natürlich, Kees, aber das geht nicht. Ihr müsst bald auch wieder zur Schule.«

»Ich will nicht mehr zur Schule«, sagte Klaas.
»Was ist das für ein Unsinn? Du bist doch kein kleines Kind?«
»Ich bleibe lieber zu Hause, um für Gerson zu sorgen, wenn das nötig ist«, sagte Klaas.
»Das geht nicht, Klaas. Alles geht weiter, wir leben weiter, ich, ihr, und auch Gerson. Er muss lernen, auf eigenen Beinen zu stehen.«
»Er hat nicht mal einen Stock«, sagte Kees.
»Genau«, sagte Gerard. »Macht diese Woche einen Stock für ihn und schont ihn nicht.« Er war kurz still. »Das können wir vielleicht am besten Jan überlassen. Der kann das gut.«
»Was gibt's denn da zu tuscheln?«, rief Anna im Türrahmen. »Los, kommt rein.«

So fing unsere Woche an. Mit einem Auftrag. Aber wir hatten nicht die Zeit, den Auftrag auszuführen. Opa hatte nicht die Zeit, streng zu Gerson zu sein, und Oma konnte ihn nicht mit Plätzchen vollstopfen. Denn es gab keine Tage mehr zum Abzählen, es gab jetzt nur noch Stunden.

## Weglaufen

Wenn neben dem Haus von Jan und Anna ein Hügel gelegen hätte, wäre es ein Haus aus einem englischen Kinderbuch mit altmodischen Bildern gewesen. Ein kleines Haus am Waldrand gegenüber einer kleinen Weide und einem See – mit einem Strohdach, einem Schornstein und wilden Blumen im Garten. Ein Haus voll Geborgenheit, in dem die Zeit stillzustehen schien, sicher und vertraut. Mit einem Geruch, den wir aus tausenden erkennen würden. Ein Haus aus einem Märchen, in dem der Duft von frisch gebackenen Plätzchen immer durch alle Zimmer zog, mit einem Kamin, in dem sogar im August an manchen Abenden ein Feuer brannte, mit ein wenig säuerlich riechenden Zitronenpflanzen auf den Fensterbänken vor kleinen, viereckigen Fenstern, mit großen, abgenutzten Sesseln, auf denen Zeitungen, Bücher oder ein Wollknäuel und ein angefangener Schal auf zwei Stricknadeln lagen. So war es, als wir geboren wurden, so war es, als Gerson sieben war und wir zehn, und so war es, als wir am neunten Tag des Monats August dort ankamen. Ein Haus, in das man immer wieder zurückkehren möchte, und – wenn das aus irgendwelchen Gründen nicht geht – ein Haus, an das man sich immer erinnern wird. Sicher in unserem Fall.

Anna und Jan sind unsere Großeltern väterlicherseits. Den Vater und die Mutter unserer Mutter haben wir nicht mehr gesehen, seit sie weggegangen ist. Wir verloren mit einem Schlag nicht einen, sondern drei Menschen. Soweit wir wissen, bekamen Oma und Opa Streit mit Gerard. Sie gaben Gerard die Schuld daran, dass unsere Mutter weggegangen ist. Was natürlich großer Unsinn ist, aber es hatte wohl zur Folge, dass sie aus unserem Leben verschwanden. Dabei hatten sie Streit mit Gerard und nicht mit uns. Wir konnten doch nichts dafür. Gerson hatte ihnen noch mal eine Karte geschickt, Jahre später, als er elf war. Weil er »es überhaupt nicht verstand« und »sehr seltsam fand«, dass sie uns nicht mehr besuchten und wir nicht mehr zu ihnen durften. Das schrieb er ihnen. Er bekam nie eine Karte zurück. Das hatte aber auch einen Vorteil: Wir brauchten uns nie mehr zu entscheiden, wir fuhren immer zu Anna und Jan. »Ihr verpasst gar nix«, sagte Jan ab und zu. »Sie wohnen in der Großstadt, und in der Stadt gibt's nichts zu erleben. Glückspilze.«

Am Abend des 9. August war es wirklich sehr englisch auf der Terrasse im Garten von Anna und Jan. Dicke Hummeln brummten zwischen den Blumen hin und her, auf der Weide, über der ein wenig Bodennebel hing, grasten ein paar schwarze Schafe, und in der Ferne, hinter der Weide, stand die mächtige Trauerweide bewegungslos am Ufer des Sees. An einem dicken Ast der Trauerweide hing ein Tau. Das Tau hat da immer gehangen. Es war unser Plumpstau. Früher war es das Plumpstau von Gerard und seinen Freunden aus dem Dorf gewesen. Es ging so: Man nahm Anlauf auf dem hölzernen Steg, griff nach einem Knoten im Tau, schwang sich so weit wie möglich über das Wasser und ließ dann los. Wenn man gut Schwung hatte und das Tau so lange wie möglich festhielt, fiel man manch-

mal aus drei Meter Höhe ins Wasser. Am besten war es, wenn man während des Falls einen Salto machte. Dann war der Plumps gelungen.
Gerson schien sich Sorgen über das Plumpstau zu machen. Oder besser gesagt, über sich selbst *an* dem Plumpstau. »Ich greife natürlich immer daneben«, sagte er.
»Vielleicht schwimmst du besser einfach?«, sagte Anna vorsichtig.
»Nein, natürlich nicht, es geht doch um das Plumpsen.«
»Ist dein Arm eigentlich stark genug?«
»Stark genug? Ich habe schon drei Kneifbälle kaputtgekniffen.«
»Ich kann das Tau ja festhalten«, sagte Klaas.
»Und dann?«
»Dann stecke ich es zwischen deine Hände, wenn du am Tau angekommen bist.«
»Wir können eine Art Läufer über den Steg legen«, sagte Kees, »dann weißt du wenigstens, wo du rennen musst.«
»Und woraus willst du den machen?«, fragte Jan. »Schraubst du all unsere Teppichstangen von der Treppe ab?«
»War ja nur eine Idee«, sagte Kees bedrückt.
»Vergiss es«, sagte Jan. »Gerson muss etwas anderes finden, um seinen Spaß zu haben.«
»Lass uns erst mal abwarten, was für Wetter wir morgen haben«, sagte Anna. In ihren Augen lasen wir, dass sie auf Kälte, Regen und Gewitter hoffte.
»Gerard hat gesagt, dass ich viel schwimmen soll«, sagte Gerson.

»Ja, genau, schwimmen«, sagte Anna. »Nicht plumpsen.«
»Wir lassen uns morgen schon was einfallen«, sagte Klaas.
Der Bodennebel auf der Weide stieg langsam hoch. Daan lag auf der Terrasse und schnarchte. Sein Rücken berührte ein Bein von Gersons Stuhl. »Ich fühle, dass er schnarcht«, sagte Gerson. »Ich will auch ins Bett.«

Wir schliefen zu dritt im Gästezimmer. Wir zusammen in einem Doppelbett und Gerson in einem Einzelbett. Das Fenster war auf. In der Ferne hörten wir zwei Eulen, die einander riefen, und am See gebärdeten sich die Frösche wie wild. Aus dem Wohnzimmer unten klang Musik und ab und zu die Stimmen von Anna und Jan. Nur ihre Stimmen, wir konnten nicht verstehen, was sie sagten. Daan lag am Fußende von Gersons Bett und schnarchte leise. Das Licht brannte. Kees lag auf dem Rücken, das dicke Buch mit den Tiergeschichten auf seiner Brust abgestützt. Gerson hatte nicht nach einer Geschichte über den Bockkäfer und die Grille gefragt, und darum las Kees drei Geschichten vor, in denen der Karpfen vorkam, sein Lieblingstier. Als er damit fertig war, klappte er das Buch zu und zog an der Schnur neben unserem Bett. Es wurde stockdunkel.
»Ist es dunkel?«, fragte Gerson.
»Ja«, sagten wir.
»Sehr, sehr dunkel?«
»Ja.«
»Habt ihr die Augen zu?«
»Ja«, sagten wir.

Eine Weile hörte man nur Daans leises Schnarchen und das Gequake der Frösche.
»Ich will hier nie wieder weg«, sagte Gerson dann.
Wir fragten nicht, warum. Vielleicht, weil wir in diesem Moment zwischen Wachen und Schlaf waren. Vielleicht, weil wir das auch fanden, ihn verstanden.

Es war nicht kalt. Es regnete nicht. Ein Gewitter gab es auch nicht, aber das konnte noch kommen, im August wusste man das nie. Am Morgen des 10. August saßen wir zu viert auf dem hölzernen Steg am See. Es war schwül, und die Sonne brannte auf unsere Rücken. Daan lag seitlich auf den knochentrockenen Brettern, die Pfoten so weit wie möglich von seinem warmen Körper gestreckt, die Zunge hing ihm aus dem Maul.
»Hunde sind ziemlich dumm«, sagte Gerson.
»Vor allem Daan«, sagte Kees.
»Vielleicht hat er auch Angst vor dem See«, sagte Klaas.
»Wenn er sich traut, im Meer zu schwimmen«, sagte Gerson, »traut er sich auch, im See zu schwimmen.«
Er tastete mit den Händen neben sich. Er griff ins Leere, Daan lag ein wenig weiter von ihm entfernt, als er dachte. Er streckte seinen Arm aus und erwischte eine Hinterpfote. Er ließ seine Hand hinaufgleiten und fasste Daan ins Nackenfell. Er hob ihn hoch, beugte sich vor und ließ los. Daan verschwand ganz unter Wasser. Er tauchte schnell wieder auf und fing an, wild zu zappeln und zu schnaufen. »Was macht er?«, fragte Gerson.
»Er versucht, aus dem Wasser zu kommen«, sagte Kees. »Das schafft er natürlich nicht, der Steg ist viel zu hoch.«

Klaas legte sich bäuchlings auf den Steg und zog Daan aus dem Wasser. »Das hat dir aber gar nicht gefallen, was?«, sagte er. Daan stand triefend zwischen uns. Er schaute zu Gerson auf.
»Er guckt genau wie damals, als wir ihm am Morgen nach der Nacht im Krankenhaus was zu fressen brachten«, sagte Klaas.
»Wie denn?«, fragte Gerson.
»Beleidigt«, sagte Kees. »Und ein wenig böse. Er sieht dich an.«
»Das war nur zu deinem Besten, Daan«, sagte Gerson. »Dir war viel zu warm, ich hörte dich doch fiepen und hecheln.«
Daan schüttelte sich und legte sich ein Stück von uns entfernt in den Schatten der Trauerweide.

Das Plumpsen wurde kein Erfolg. Um es auszuprobieren, rannten wir selbst erst ein paarmal mit geschlossenen Augen auf das Tau zu und versuchten, es zu erwischen. Kees zog sich eine anständige Schürfwunde zu, weil er danebentrat und mit der Innenseite seines Oberschenkels am Rand des Stegs entlangschrammte. Gerson musste das Tau nehmen, ein Stück zurückgehen und dann vom Steg springen. Er kam weder hoch noch weit. Außerdem dauerte es nach seinem ersten Sprung ziemlich lange, bevor er wieder auftauchte. »Ich wusste nicht genau, wo oben und unten war«, sagte er, als wir ihn auf den Steg zogen. Das zweite Mal dauerte es noch länger. Klaas schlug vor, vielleicht besser ein Stück zu schwimmen. Gerson schwamm zwischen uns, ab und zu berührten unsere Finger seine Finger. Daan schaute uns nach, als wir davonschwammen.

Kurze Zeit später saßen wir wieder auf dem Steg. Es wird etwa zwölf Uhr gewesen sein. Am Horizont tauchten die ersten Wolken auf. Unten flach und mit Ausstülpungen und großen Rundungen an allen anderen Seiten. Wir hatten uns nicht abgetrocknet. Gerson legte sich der Länge nach auf sein Badetuch, die Arme unter dem Kopf verschränkt. Wir sahen einen dünnen roten Strich dicht unter seinen Rippen. Wir sahen mehrere Striche auf seinem rechten Arm, der vom Ellbogen bis zum Handgelenk eine seltsame Form hatte. Kurz bevor er sich hingelegt hatte, hatte er seine Sonnenbrille aufgesetzt.
»Sind Wolken da?«, fragte Gerson.
»Ja.«
»So große, dicke, ganz weit weg in der Ferne?«
»Ja.«
Wir schauten einander an.
»Gerson, jetzt mal wegen deiner Zukunft …«, fing Kees an.
»Mensch, Kees, jetzt machst du es schon wieder!«, rief Klaas.
»Was mache ich?«
»Du bist nicht taktvoll. Letztes Mal hast du Harald wortwörtlich nachgeplappert, und jetzt plapperst du Gerard wortwörtlich nach.«
»Aber ich muss doch irgendwas sagen?«
»Das hast du beim letzten Mal auch gesagt.«
»Mir fiel gerade nichts anderes ein.«
»Ja, das glaub ich dir gerne.«
»Hat Gerard euch beauftragt?«, fragte Gerson.. »Sollt ihr mich auf das Gespräch vorbereiten, das wir führen werden, wenn wir wieder zu Hause sind?«

»Mja«, sagte Kees unglücklich.

»Wir finden das nicht nötig«, sagte Klaas. »Bloß ist Kees ab und zu so ein Trottel. Dann rutschen ihm – weil er ja unbedingt *irgendwas* sagen muss – die blödesten Sachen raus.«

»Jetzt mach mal halblang«, sagte Kees.

»Ist schon gut«, sagte Gerson. »Ihr könnt ja auch nichts dafür.«

Danach war es still.

»Aber was *willst* du?«, fragte Klaas. »Was hast du vor? Was willst du werden?«

»Was ich werden will? Das hast du mich noch nie gefragt.«

»Nein.« Klaas sagte einen Moment nichts mehr. »Aber es kommt mir plötzlich wichtig vor.«

»Weil ich blind bin?«

»Du verstehst schon.«

»Ich werde nichts.«

»Nichts?«

»Ich habe gestern Abend doch schon gesagt, dass ich nicht mehr von hier weggehe.«

»Ich würde auch gerne für immer hierbleiben«, sagte Kees, »aber das geht nicht.«

»Natürlich geht das.«

»Wie meinst du?«

»Ist schon gut.«

»Wenn du zu Gerard sagst, du möchtest, dass wir uns weiterhin um dich kümmern, dann machen wir das«, sagte Klaas. »Nächsten Monat werden wir siebzehn, und dann kann uns, glaube ich, niemand mehr zwingen, zur Schule zu gehen.«

»Ist schon gut«, sagte Gerson wieder.

Plötzlich fing Kees an zu schluchzen.
»Was hast du?«, fragte Gerson.
»Ich musste an Daan denken«, sagte Kees. »Dass wir ihn einfach so in den See geschmissen haben.«
»*Ich* habe ihn in den See geschmissen«, sagte Gerson.
»Ja«, sagte Kees.
Daan hatte seinen Namen gehört. Er stand auf und trottete in aller Seelenruhe auf uns zu. Er hielt sich von Gerson fern.
»Ist das ein Vogel oder Anna?«, fragte Gerson.
Wir lauschten. Es war Anna. Es war Essenszeit.

An diesem Nachmittag, am Nachmittag des 10. August, fand Kees den perfekten Stock für Gerson. Gerson lag in diesem Moment im Bett. Das Schwimmen und die Hitze hatten ihn müde gemacht. Es kann auch sein, dass wir mit unseren guten Absichten und unserem Dreingerede ihn müde gemacht hatten. Wir streunten durch den kleinen Wald hinter dem Haus von Jan und Anna. Kees fand einen frischen Ast. Einen Ast, an dem noch die Rinde war. Den restlichen Nachmittag bearbeitete er den Ast mit seinem Taschenmesser. Er kerbte Gersons Namen in Großbuchstaben in das Holz und schnitzte Figuren in die Rinde. Danach wollte er den Stock lackieren. Jan sagte, das habe keinen Sinn, weil das Holz unter der Rinde noch feucht war. Während des Abendessens auf der Terrasse überreichte Kees Gerson den Stock. Der wusste nicht sofort, was er damit sollte. »Was ist das?«, fragte er, während er die Finger über den Stock gleiten ließ.
»Ein Stock«, erklärte Kees. »Ein Stock, mit dem du Dinge fühlen kannst.«

»Wozu sind all die Löcher?«
»Das sind keine Löcher«, sagte Kees, »das sind kleine Figuren, die habe ich mit meinem Taschenmesser in die Rinde gekerbt.«
Gerson hatte mit den Fingern seinen eigenen Namen gefunden. »Gerson«, sagte er. »Da steht Gerson drauf.«
»Ja«, sagte Kees.

An diesem Abend, am Abend des 10. August, nach dem Kaffee mit Pralinen auf der Terrasse im Garten von Jan und Anna, es wird halb neun gewesen sein, sagte Gerson, dass er ein wenig spazieren gehen wollte. Mit seinem neuen Stock. Wir standen sofort auf.
»Nein«, sagte er, »ich gehe alleine.«
Die Wolkenwand, die mittags noch in der Ferne gestanden hatte, hing jetzt dicht über unseren Köpfen. Der Garten, die Weide und die Trauerweide waren in ein seltsam unwirkliches, orangegelbes Licht getaucht. Es war beängstigend still. Keine Eulen, keine Frösche, keine Reiher, keine Schafe. Daan war unruhig.
»Ich drehe eine Runde um den See«, sagte Gerson.
»Geht das denn alleine?«, fragte Anna und wandte sich eher an uns und Jan als an Gerson.
»Natürlich«, sagte Gerson. »Wie oft bin ich nicht schon eine Runde um den See gelaufen. Und ich nehme Daan mit. Oder Daan nimmt mich mit.«
»Na gut«, sagte Anna zögernd.
»Daan, komm.« Daan tat erst, als würde er Gerson nicht hören. Er ging aufs Haus zu, drehte sich aber schließlich doch wieder um. Danach folgte er Gerson uninteressiert und blieb etwa hundert Meter hinter ihm.

Wir schauten Gerson nach, während er über die Weide Richtung See ging, seinen neuen Stock vor sich hin und her schwenkend. Er trug an diesem Abend seine älteste Jeans und Bergschuhe. Sein Oberkörper steckte in einem engen schwarzen ärmellosen T-Shirt, und sein schwarzes Haar hing ihm bis auf die braunen Schultern, die in dem orangegelben Licht, komisch genug, einen blauen Schimmer hatten. »Wisst ihr, Gerson ist ein hübscher Junge«, sagte Kees, als hätte jemand das Gegenteil behauptet.

»Ja«, sagte Jan, der Letzte, von dem man es erwartet hätte, leise. »Gerson ist ein hübscher Junge.« Gleich danach schrie er: »Wenn es Gewitter gibt, sofort zurückkommen!«

Gerson hob seinen Stock und ging weiter.

*Ich hatte wenig Lust. Ziemlich wenig Lust sogar. Es hing etwas in der Luft, etwas Bedrohliches. Ich fühlte es und wollte mich zurückziehen, so tief und weit weg wie möglich. In eine Kuhle in der Erde, unters Bett oben an der Treppe, hinter den Holzstapel neben dem Schuppen. Der Stapel, an dem ich Marder rieche und Iltisse und Ratten. Der kleine Schwarze hat mich gerufen. Er gab mir einen Befehl mit einem »o«, und ich musste ja wohl gehorchen. Er hat mich beim Nackenfell gepackt und ins große Wasser geworfen. Großes Wasser ist nicht schlimm, wenn es nur nach Salz schmeckt und ich mich treiben lassen kann. Und wenn sie, der kleine Schwarze und der große Schwarze und die beiden gleichen Weißen, die Stöckewerfer, nur in der Nähe sind, um mich ab und zu hochzuheben.*

*Darum hatte ich sehr wenig Lust, dem kleinen Schwarzen zu folgen. Aber nun ja, ich bin eben ein braver Hund. Ich muss auf ihn aufpassen, er ist mein Herrchen. Obwohl es im Moment eher umgekehrt zu sein scheint. Über dem Gras lag ein Licht, das ich nicht mochte. Ich roch viel zu viel. Aus dem Boden stiegen alle möglichen Gerüche. Enten, Ratten, Mäuse und sogar Würmer. Und der Geruch des kleinen Schwarzen natürlich. Ich ließ ihn nicht aus den Augen. Ich achtete aber auch darauf, ihm nicht zu nahe zu kommen. Er sollte ruhig wissen, dass ich keine Lust hatte. Er winkte mit einem Stock. Erst dachte ich noch, er würde mich meinen. Aber er warf den Stock nicht in die Luft. Ich brauchte nicht hinterherzurennen.*

*Meine Hinterpfoten waren schwer. Es ging einfach nicht vorbei. Vor sehr langer Zeit hatte es einen Knall gegeben, und ich flog aus dem sich bewegenden Ding. Ich saß bei dem kleinen Schwarzen auf dem Schoß und knallte gegen etwas Hartes, und das gab nach, und dann lag ich im Gras. Es tat so weh, dass ich anfing, im Kreis herumzurennen. Ich konnte nicht aufhören. Plötzlich standen zwei fremde Pfoten vor mir. Da habe ich reingebissen. Um mir die Schmerzen zu verbeißen. Ich dachte, man würde mich streicheln, ich würde mehr Futter kriegen, und man würde mir den Kopf kraulen. Sie vergaßen mich. Ich saß im Dunkeln vor einem sehr großen und hohen Haus, ohne Futter, ohne dass mir jemand den Kopf kraulte. Als ob Hunde keine Schmerzen haben können. Wir zeigen es bloß nicht so. Ja, erst als es hell wurde, kamen sie und brachten mir was zu fressen, altes Brot. Aber ich habe in die andere Richtung geschaut. Kurz danach, in so einem anderen fahrenden Ding, hielt einer der beiden gleichen Weißen meinen Kopf fest. Er schaute mir ganz tief in die Augen, aber als es danach wieder dunkel wurde und Fressenszeit war, bekam ich noch immer nicht mehr Futter. Seitdem sind meine Hinterpfoten schwer.*

*Ich hatte nicht aufgepasst. Ich hatte den kleinen Schwarzen aus den Augen verloren. Ich konnte ihn zwar riechen, aber nicht sehen. Mein Herrchen riecht süß, ich folge seinem Geruch mühelos und gerne. Es geht fast wie von selbst. Die Stöckewerfer riechen zwar auch süßlich, aber ihre Spur ist gleichzeitig ein wenig bitter, wie der Duft von Pappelblättern auf dem Boden. Der große Schwarze riecht sauer, wie ein alter und feuchter Teppich, unangenehm. Früher gab es auch eine große Weiße, die roch am allerbesten von allen. Den Duft habe ich sehr lange nicht gerochen. Ich bellte. Ich hörte ein »aa«. Er rief mich. Ich vergaß meine schweren Hinterpfoten und rannte los. Die Luft fing an zu krachen und zu dröhnen, und ich rannte noch schneller. Dröhnende Luft, das gefiel mir nicht. Er nahm das schwarze Teil von seinem Kopf und warf es weg. Ich konnte nirgendwo hineinschauen. Das hat mit damals zu tun, als ich aus dem sich bewegenden Ding flog. Er hat keine Augen mehr. Erst hatte ich Angst davor, aber dann war es vorbei. Er gab Töne von sich. Töne sagen mir nicht so viel. Ein »aa«, das bin ich. Ein »o«, dann muss ich hinterherlaufen. Und ein »i« oder »a« bedeutet, dass ich mich hinsetzen muss oder hinlegen. Das alles natürlich nur, falls ich Lust dazu habe. Wenn sie Töne von sich geben, sind sie meistens schon zufrieden, wenn ich mit meinem kurzen Stummelschwanz hin und her wackle oder meine Zunge raushängen lasse und den Kopf ein wenig schräg halte. Dann kommt oft etwas, auch mit einem »aa«, aber ein wenig anders, mit einem rollenden Geräusch davor. Das bedeutet, dass ich es gut gemacht habe. Ich schaute zu dem Stock, der zwischen den Pfoten des kleinen Schwarzen stand. Er gab immer noch Töne von sich. Dann kam ein Blitz. Ein enormes Grollen. Ich flog auf den kleinen Schwarzen zu und kroch zwischen seine Pfoten. Dann kam Wasser aus der Luft. Der kleine Schwarze beugte sich über mich und streichelte mir über den Kopf. Er gab Töne von sich, die mir die Angst ein wenig nahmen. Er richtete sich wieder auf und ging auf das Holz zu, von dem aus er mich ins Wasser geworfen hatte. Ich blieb natürlich sitzen, ich hatte Angst, dass er das noch einmal machen würde. Aber er rief »aa« und »o«, und ich folgte.*

*Er warf den Stock weg. Ich rannte ihm nach und holte ihn. Ich lief zurück, bis an das Ende des Holzes, von dem er mich hinuntergeworfen hatte. Aus der Luft fiel immer noch Wasser. Das große Wasser war ganz glatt, aber es spritzte Wasser daraus auf, kleine Tropfen Wasser. Wieder ein Dröhnen. Ich ließ den Stock fallen und fing an zu zittern. Ich konnte nichts dafür, ich bin nur ein kleiner Hund. Manchmal wäre ich gerne eine Dogge oder ein Bernhardiner. Der kleine Schwarze sagte »i«, und ich setzte mich. Er ging ins Wasser. Er war nicht gleich verschwunden. Erst seine Hinterpfoten, dann sein Körper und seine Vorderpfoten und dann sein Kopf. Seinen Kopf sah ich später wieder, der trieb in dem großen Wasser. Ich bellte. Er rief »aa« und »i«. Sein Kopf wurde immer kleiner. Licht und Dröhnen, gleichzeitig. Das große Wasser flammte auf, und dann war es wieder weg. Der Kopf des kleinen Schwarzen war auch weg.*

*Ich blieb sitzen und wartete. Aus der Luft fiel immer mehr Wasser, es wurde immer wieder hell und dröhnte. Ich konnte nicht aufhören zu zittern. Ich wollte mich wieder verkriechen. Ich fühlte etwas von innen, etwas Bedrohliches. Kämen die beiden gleichen Weißen nur, die Stöckewerfer, oder wenigstens der große Schwarze. Der große Schwarze war nicht da. Hier waren zwei andere, grau waren sie, und sie rochen ein wenig muffig. Es wurde dunkel um mich herum, ich roch Frösche und nasses Gras. Ich fing leise an zu winseln. Weg wollte ich, weg da, aber ich blieb sitzen. Ich musste. Ich bin ein braver Hund. Ab und zu schnüffelte ich an dem Stock, der neben mir lag. Ich würde erst weggehen, wenn mein Herrchen aus dem großen Wasser zurückkam.*

## Suchen

Es ist Ende November. Spätherbst. Gestern wurde endlich der Grabstein gesetzt. Bis gestern lag einfach ein Haufen Erde auf Gersons Grab. Wir haben nicht gesehen, wie die Leute vom Natursteinbetrieb den Stein gebracht haben. Es waren zwei mürrische Männer, die uns nicht dabeihaben wollten. Erst als alles fertig war, durften wir auf den Friedhof.

Gerson liegt nicht weit entfernt vom Grab Pieter Mulders, des Dorfzimmermanns, der im Jahre 1902 gestorben ist. Wir haben lange über den Text nachgedacht, der auf dem Stein stehen sollte. Klaas wollte erst gar keinen Text, nur Gersons Namen. Kees hatte sich auf die Suche nach einem schönen und passenden Satz gemacht oder nach ein paar kurzen Sätzen aus dem dicken Buch mit den Tiergeschichten. Alles war zu lang oder nicht gut genug, und außerdem schüchterte es Kees ein, dass der Text für *immer* auf dem Grabstein stehen würde. Er konnte die Verantwortung nicht ertragen. Zu zweit haben wir dann versucht, ein schönes Sprichwort oder eine Redewendung zu finden. Es ging nicht.

Gerard hatte immer Bruchstücke aus dem Gedicht eines toten niederländischen Dichters im Kopf. Ein Gedicht über den Monat November, diesen Monat also. Er passte die Worte ein wenig an, und nachdem wir seinen Text eine Woche lang jeden Tag gelesen hatten, beschlossen wir, dass dies die Inschrift werden sollte. Gestern haben wir entdeckt, dass ein paar Worte auf einem Stück Papier etwas ganz anderes sind als ein

Text auf einem Grabstein. Die Worte haben ein größeres Gewicht, wenn sie aus einem Stück Granit herausgemeißelt sind. Der Stein ist dunkelgrau, rechteckig und hat keine Verzierungen. Das steht darauf:

**GERSON TOLGAARDER**
28. 7. 1990 – 10. 8. 2004
IMMER AUGUST
IMMER SONNE
IMMER UNSER LEERES HERZ

Wir wollen keine Deckplatte, also gibt es ein Stück Erde, in das wir im Frühjahr etwas pflanzen werden. Wir wissen noch nicht, was. Gerard möchte etwas Immergrünes, und wir wollen etwas, das blüht. Genau wie bei dem Text gehen auch unsere Meinungen über Pflanzen oder Sträucher auseinander.

Warum können Hunde nicht reden? Alles ist möglich heutzutage, man kann sich wirklich kaum etwas ausdenken, was es nicht gibt (neulich haben wir in der Zeitung über die Transplantation einer Schweineleber in einen Menschen gelesen, und im Fernsehen gab es was über Kühe in England, die im Dialekt muhen), aber noch nie hat es jemand geschafft, einen Hund zum Sprechen zu bringen. Als der Lichtstrahl von Opas Taschenlampe auf Daan fiel, drehte er den Kopf und sah uns an. Kees, der an diesem Tag schon mal in Schluchzen ausgebrochen war, konnte den Anblick des völlig durchnässten Hundes mit seinen wahnsinnig traurigen Augen nicht ertragen. Jan und wir waren

schon eine Runde um den See gelaufen, immer dem Licht der Taschenlampe nach. Wenn man die Weide vor dem Haus von Anna und Jan überquert, kommt man zum Steg. Wir hatten Daan einfach übersehen, und wenn er überhaupt gewinselt hatte, hatte er es in diesem Moment schon aufgegeben. Neben Daan lag der Stock, in den Kees nachmittags mit seinem Taschenmesser so sorgfältig Figuren eingekerbt hatte.
»Hier stimmt was nicht«, sagte Jan.

Am nächsten Tag, dem 11. August, kurz nach Mittag, wurde Gerson gefunden. Von einem Taucher der Feuerwehr. Später wurde uns klar, dass es – wenn sie den See nicht mit Schleppnetzen abgesucht hätten – Tage hätte dauern können, bis er von selbst an die Wasseroberfläche getrieben wäre.
Anna und Jan ging es furchtbar dreckig. Sie fühlten sich schuldig. Anna hat den ganzen Tag, egal was um sie herum passierte, in einem der Lehnstühle im Wohnzimmer gesessen. Den ganzen Tag. Sie konnte nicht mehr aufstehen.
»Ich hätte ihn nicht gehen lassen dürfen.« Sie wiederholte und wiederholte es, wie ein Gebet. Jan ist an diesem Tag nicht ins Haus gekommen, selbst nicht, nachdem Gerson mittags hereingetragen worden war. Wir konnten nichts daran ändern.

Daan verließ den Bootssteg erst, als Gerson an Land gebracht wurde. Wir hatten versucht, ihn in der Nacht davor mitzulocken, aber es war uns nicht gelungen. Jan hat ein paar Stunden mit ihm neben einem Holzstapel am Schuppen gesessen. Nicht, weil Opa so gern dort sitzen wollte, sondern weil Daan dort sein wollte. Nach dem Begräbnis hat er, trotz seiner Angst vor Gräben und der Straße, tagelang auf dem Haufen Erde auf Gersons Grab gelegen. Wir mussten ihn jeden Abend fast mit Gewalt dort wegholen. Und wenn er endlich drinnen war, in der Waschküche, in der er vor Jahren auch wochenlang gejault hatte, fing er wieder an zu jaulen. Kees hat versucht, etwas dagegen zu tun, aber nichts half. Eines Tages war es plötzlich vorbei. Mit einem Schlag. Beneidenswert. Er wird sich künftig mit uns, den Stöckewerfern, zufriedengeben müssen. Aber wir werden ihn niemals zum Sprechen bringen.

Gerard war still, beängstigend still. Wir hatten erwartet, dass er sehr viel schlafen würde, weil, ja, wenn man schläft, ist man eine Weile nicht da. Aber er schlief besonders wenig. Ein paar Tage nach dem Begräbnis hat er eines Abends die ganze Küche kurz und klein geschlagen. Wir saßen im Wohnzimmer und versuchten zu raten, was dort drin passierte. War das ein Stuhl, der auf der Spüle entzweigeschlagen wurde? Waren das die Teller oder die Suppentassen, die auf dem Boden in tausend Stücke zersplitterten? Das helle Klirren da waren auf jeden Fall die Gläser. Nach einer Weile wurde es still, und nach einer weiteren Weile kam er ins Wohnzimmer. »Tut mir leid, Jungs«, sagte er. »Ich wusste einfach nicht mehr weiter.« Er setzte sich zu uns aufs Sofa. Wir schlangen jeder einen Arm um seine Schultern, und so haben wir den ganzen Abend dagesessen, ohne ein Wort zu sagen. Bis es dämmerte und Klaas losging, um Daan vom Friedhof wegzuholen.

Anfang Dezember. Gerard hat heute Morgen das Auto gewaschen. In einer großen Dampfwolke, es ist kalt draußen. Immer noch ist Sonntag sein fester Autowaschtag. Danach haben wir Pfannkuchen gegessen, die sind mit auf den Sonntag umgezogen. Nach dem Essen haben wir uns zu dritt aufs Sofa gesetzt. Das machen wir jetzt auch öfter. Wir lesen nicht, wir machen keine Musik an, und der Fernseher bleibt auch aus. Wir sitzen dort und schauen aus dem Fenster. Wir dachten an Italien, vielleicht, weil der Himmel so schön blau war. Wir wussten nicht, woran Gerard dachte, darüber wurde kein Wort gesagt. Nach einer Weile räusperte er sich. »Wir suchen Marian«, sagte er. Also hatte auch er an Italien gedacht.

Es wäre übertrieben, zu sagen, dass wir einen Moment darüber nachdenken mussten, wer Marian ist, natürlich wissen wir, wer Marian ist, aber trotzdem. Gerard hat ihren Namen nicht mehr genannt, seit sie weggegangen ist. Wenn er mit uns über sie sprach, nannte er sie immer »eure Mutter«. Ihr Name ist hier im Haus jahrelang nicht gefallen. Einen Moment später korrigierte er sich selbst: »Wir müssen Marian suchen.« Natürlich müssen wir das. Über das niederländische Konsulat. Über Aufrufe in Zeitungen. Notfalls werden wir uns in so einem Fernsehprogramm lächerlich machen, wie *Vermisst*.

Daan, der in einem der tiefen Sessel ein wenig unruhig schlief, spitzte die Ohren und bellte einmal kurz. Vielleicht hat er den Klang ihres Namens erkannt. Danach rollte er sich zufrieden seufzend wieder zusammen, die Nase zwischen den Hinterpfoten.

## Gerbrand Bakker

### Oben ist es still

Roman
Aus dem Niederländischen von Andreas Ecke
Gebunden und st 4142. 315 Seiten

Helmer van Wonderen räumt auf. Er verfrachtet seinen bettlägerigen Vater ins Obergeschoß des alten Bauernhauses, entrümpelt das Erdgeschoß, streicht die Wände und schafft neue Möbel an. Das Gemälde mit den schwarzen Schafen, die Fotografien von Mutter und die alte Standuhr kommen nach oben, alle Pflanzen, die blühen können, auf den Misthaufen. Und da Vater ihm nicht den Gefallen tut, einfach zu verschwinden, sich von einem Windstoß hinwegfegen zu lassen oder wenigstens zu sterben, richtet der Sohn sein Leben unten neu ein. Doch die ländliche Ruhe währt nicht lang, denn Helmers Neffe Henk, der pubertierende Sohn seines verstorbenen Zwillingsbruders, soll bei seinem Onkel das Arbeiten lernen …
Genau in der Beobachtung von Mensch und Natur, subtil in der Anspielung und von zärtlicher Skurrilität, entwickelt Bakkers trockener, lakonischer Erzählstil von der ersten Seite an einen unwiderstehlichen Sog.

Ein »hinreißender Bauernroman … ergreifend und unzerknautscht … einfach grandiose Prosa«. *Die Zeit*

»Großartiger, tragikomischer Roman, der mit lakonischem Humor und liebevoller Skurrilität tiefe Fragen der menschlichen Existenz aufwirft.« Elke Heidenreich, *Lesen!*

NF 966/1/9.09